LES FLAMBOYANTES

Charlotte Montpezat

LES FLAMBOYANTES

ÉQUATEURS

ISBN 978-2-3828-4588-2.

Dépôt légal : avril 2023.

170 *bis*, boulevard du Montparnasse, 75014 Paris.

contact@editionsdesequateurs.fr
www.editionsdesequateurs.fr

À ma fille Alice,
pour qu'elle n'ait jamais peur de vieillir.

PROLOGUE

La question de l'âge s'est invitée violemment le jour de mes 45 ans. Sur mon bureau, une lettre de la direction des ressources humaines m'informant de mon nouveau statut de « sénior » dans l'entreprise. Dans la mesure où mes 50 ans approchaient, il était peut-être temps de me préoccuper de ce cap délicat à négocier en termes de carrière. Pas un mot en revanche pour me souhaiter un bon anniversaire.

Sénior... Le mot m'a coupé les jambes. À 9 heures du matin, je franchissais les portillons du bureau, pimpante, enthousiaste, heureuse de mon job. Je me sentais innovante, créative et venais juste de découvrir comment mettre mon idée la plus audacieuse en avant. Je jonglais sereinement entre mes enfants devenus grands et mon travail. Je m'investissais enfin dans ma carrière. Après un début de vie professionnelle passionnant mais chaotique, marqué par quelques années à l'étranger et deux maternités rapprochées, je savais que j'étais enfin à ma place.

Soudain, à 9 h 5, j'étais propulsée dans le monde des préretraitées.

Quelques mois plus tard, mon mari me quittait pour une femme plus jeune et, dans la foulée, l'écrivain Yann Moix portait l'estocade par voie de presse : il nous informait, moi et mes semblables, les femmes de 50 ans, de notre péremption. Après avoir été mise à l'Ehpad par mon entreprise, plaquée par le père de mes enfants, un écrivain m'expliquait qu'il n'était désormais plus question de séduire. Plus personne ne voulait de moi.

Pour reprendre les mots de l'actrice Maggie Gyllenhaal qui s'est vu refuser un rôle en raison de son âge : « Ça m'a fait mal, puis cela m'a mise en colère, et maintenant, ça me fait rire. »

Mais que se passe-t-il dans la tête des gens pour vouloir à tout prix mettre à l'écart les femmes dépassant la quarantaine ? Prise d'un doute, j'ai regardé mes amies. Après tout, nous avions peut-être vieilli sans nous en rendre compte. J'ai observé les femmes avec qui je travaillais, celles que je croisais dans la rue, au supermarché, à l'hôpital, à la fac... Et je n'en ai vu que des fortes, puissantes, toutes prêtes à éclater de vie et d'envies pour peu qu'on les rassure. Au nom de quoi ces femmes ne pourraient-elles plus investir ni le champ du travail ni celui de la séduction ?

La représentation et l'employabilité des femmes sont un problème dès lors qu'elles ont plus de 45 ans. Une réalité diffuse qui plonge ses racines dans nos réflexes archaïques les plus profonds. S'il est difficile de s'en emparer, c'est parce que personne ne veut regarder le sujet droit dans les yeux : nous sommes face à une forêt de millions de sacrifiées planquées derrière de sublimes et rares égéries.

Il n'est plus possible de continuer sur cette voie. Aucune société ne peut faire l'impasse sur une partie aussi importante de ce qui la constitue. Nous sommes en France 17 millions de femmes de plus de 45 ans. 9 millions en âge de travailler. Filles des femmes libérées de 1968, nous sommes entrées avec enthousiasme dans la vie professionnelle. Nous avons conquis nos vies, représentons un marché colossal. Et pourtant, nous ne sommes nulle part.

Si quelques-unes tiennent le haut du pavé, elles font figure d'exception. L'immense majorité est mise de côté, stigmatisée, mal représentée, mal employée. Nous ne sommes ni à la tête d'entreprises, ni en haut de l'affiche, ni même en une des magazines. Et les conséquences sont fatales, sur nos carrières comme sur le montant de nos salaires.

Depuis des siècles, les femmes font face à la fois au sexisme et à l'âgisme. Et cette double contrainte du genre et de l'âge semble tellement intégrée par les femmes elles-mêmes, qu'elle en devient paradoxalement invisible. La discrimination du genre-âge mérite pourtant qu'on la regarde en face. Car demain nous serons plus nombreuses encore.

Nous sommes la première génération de femmes dans l'histoire de l'humanité à avoir la chance d'être, entre 45 et 65 ans, en pleine puissance de nos moyens physiques et intellectuels. La première génération à pouvoir secouer les stéréotypes qui nous entravent encore. Il nous incombe de faire bouger les lignes des systèmes archaïques et de briser les injonctions qui nous limitent.

⁂

Je les ai franchis ces 50 ans. Sidérée par le décalage entre le foisonnement de ma vie et les représentations ternes qui m'étaient renvoyées, je suis partie explorer l'invisibilité et les stéréotypes qui nous collent à la peau et freinent nos parcours. J'ai fait des recherches, me suis plongée dans des rapports et des statistiques du monde entier. Mais j'ai aussi embarqué avec moi mes amies et les femmes que cette recherche m'a amenée à rencontrer. Florence, Isabelle, Béatrice, Helena, Lucile, Marie, Anne, Solenn, Ève, Camille, Nelly, Justine, Kirsten, Emmanuelle… Vous les retrouverez, elles et d'autres encore, au fil de cette enquête. Parce que le genre-âge n'est pas qu'une question de chiffres. C'est aussi une question de femmes et d'hommes. Une question de récit et d'amour.

Demain nous serons plus nombreuses encore à détenir une puissance économique inédite, or, nous avons aujourd'hui, à portée de main, une force que nous ignorons trop souvent nous-mêmes. Nous, les femmes de plus de 50 ans, devons, dans l'intérêt de tous, trouver une place juste et affirmée.

Regarder le problème en face, le décrypter, le

déconstruire, le nommer, c'est le préalable du combat contre cette discrimination, la première condition pour trouver des solutions. Et des solutions, il y en a. Sociales, politiques, économiques, mais aussi individuelles, car nous avons toutes un combat à mener.

⁂

« Tu plaisantes, des femmes de 50 ans et plus encore, il y en a partout ! Regarde Isabelle Huppert, Catherine Deneuve, Christine Lagarde… »

Si, comme cette directrice des ressources humaines, vous ne croyez pas à cette indéniable disparition, allez donc au cinéma. Vous découvrirez que les actrices de plus de 50 ans ont accès à seulement 8 % de rôles, alors qu'elles représentent 25 % de la population. Lisez les magazines, regardez la télévision et comptez leurs apparitions dans tous ces lieux d'affirmation d'identité. Consultez la liste des dirigeantes d'entreprise. Allez vous inscrire sur un site de rencontre et faites un test : créez deux profils aux âges très légèrement différents, 49 ans et 51 ans par exemple, postez la même photo et vous verrez, c'est édifiant !

L'éviction des femmes de 50 ans de la sphère de la séduction est un poncif qui affecte la plupart des représentations. Un biais présent dans toutes les sociétés et particulièrement dans l'entreprise. Pourtant, le ministère du Travail et l'Organisation internationale du travail le reconnaissent : le genre et l'âge sont aujourd'hui les deux champs de discriminations les plus forts, devant l'origine sociale ou ethnique et devant le handicap. En se liguant contre les femmes à l'orée de leur cinquantaine, le genre et l'âge font l'effet d'une bombe. Depuis la nuit des temps. Et partout dans le monde.

Imaginez comme ces deux facteurs deviennent puissants lorsqu'ils se combinent et en créent un troisième, selon le principe de l'intersectionnalité. C'est ce que les Anglo-Saxons nomment le « *gender-ageism* », un néologisme qui prend toute sa saveur quand on le traduit par « genre-âge ». Parce que, oui, j'enrage face à une injustice aussi massive.

Accepter cette stigmatisation comme allant de soi, comme un fait biologique dont on peut se désoler mais qui n'est pas contestable, peut bien vite se transformer en mise à l'écart.

Aujourd'hui, cet ostracisme du genre et de l'âge mérite qu'on le réexamine. Parce que le monde a changé. Parce que les femmes ont changé. Il n'y a plus de raison d'accepter cette fatalité comme le faisaient nos grands-mères, de céder le pas en termes de visibilité, d'emploi, de pouvoir, de séduction dès qu'on approche de la cinquantaine.

Traitées comme des entités invisibles et impuissantes, nous devons refuser cet assignement et prouver que nous sommes exactement le contraire. Parce que demain, je le rappelle, nous serons plus nombreuses encore. Devenons la première génération de femmes à nous imposer comme visibles et puissantes après 50 ans.

LA DISPARITION

La représentation

Cours de théâtre, atelier du lundi soir, celui des amateurs. Une vingtaine d'adultes de tous genres et de tous âges, dont mon amie Florence, viennent se frotter aux textes et au plateau sous l'œil exigeant de Cyril, qui y enseigne depuis plus de quinze ans. De tous genres et de tous âges, vraiment ? À y regarder de plus près, ce n'est pas tout à fait ça. Les femmes y sont largement majoritaires, et ont aussi, pour la plupart, dépassé la possibilité de jouer les jeunes premières. Le regard au-dessus de ses demi-lunes, Cyril distribue les scènes : « Alexis, tu vas prendre *Couple ouvert à deux battants* de Dario Fo avec Florence, *Judas* de Marcel Pagnol avec Paul, Marc, Gilles et Walid, *La Crise* de Coline Serreau avec Sophie et Gilles, *Art* de Yasmina Reza avec Charles et Franck. »

Florence se penche vers sa voisine. « Il est fatigant de donner des scènes où il n'y a que des hommes ! Il pourrait tout de même faire un effort ! Et voilà : les hommes se retrouvent avec dix scènes et nous les femmes, une et demie pour l'année. »

« Florence, quelque chose te dérange ? Tu n'es pas contente de tes scènes ? » la toise Cyril, un brin narquois.

Florence suit ce cours depuis trois ans et le cérémonial de rentrée est toujours le même : une multitude de scènes pour les quelques hommes et les quelques jeunes femmes, des miettes pour les femmes quadras, quinquas et plus, qui forment pourtant l'essentiel de la troupe. Après le final de l'an dernier, il semblait pourtant avoir perçu leur agacement et les avait invitées à profiter de l'été pour lui envoyer des suggestions. Fières de ses trouvailles, Florence lui avait proposé *Le Dieu du carnage* de Yasmina Reza pour deux rôles féminins et deux rôles masculins, *La Nuit de Valognes* d'Éric-Emmanuel Schmitt avec cinq personnages féminins.

Et voilà qu'il répondait par *Art* ou *Judas*, deux pièces ne proposant que des rôles masculins.

Florence connaît déjà l'argument de Cyril : « Je ne peux pas inventer des emplois qui n'existent pas. Tu crois que c'est de ma faute si le théâtre est écrit pour des hommes et des jeunes premières ? Tu devrais d'ailleurs savoir que les rôles de femmes vieillissantes étaient joués par des hommes au moins jusqu'à la fin du XVIIIe siècle. » Est-ce dû au charme du metteur en scène, à son implacable démonstration ? Sa réponse, goujate s'il en est, renvoie Florence au silence.

Mais a-t-il raison ? Le théâtre, comme les autres systèmes de représentation, a-t-il englouti les femmes dans l'invisibilité et les stéréotypes ? Une chose est certaine, il est bien plus difficile de trouver des rôles pour les femmes dites entre deux âges que pour n'importe quel homme jeune ou vieux au sein de la troupe.

Florence a été piquée au vif et m'appelle, agacée. Elle a fait une razzia de magazines féminins pour les étudier de plus près. Mi-hilare mi-consternée, elle m'annonce que je ne vais pas être déçue. Je fonce ventre à terre la rejoindre. Soyons clairs, la perspective de passer quelques heures le nez plongé dans ce type de presse « pour travailler » m'a toujours donné un délicieux sentiment d'école buissonnière. Je retrouve Florence en tête à tête avec Sharon Stone : décoiffée, rieuse, chemise ouverte jusqu'au nombril sous une veste de smoking sûrement signée Yves Saint Laurent, l'actrice américaine est resplendissante. Tout cela me réjouit, je n'ai rien contre le fait d'être associée, moi femme de 55 ans, à cette star sublime, intelligente, élégante et drôle. Florence est plus dubitative. Je me jette, enthousiaste, dans la lecture du hors-série de *Elle* : « Être belle à tout âge. » L'édito est formidable. La rédactrice en chef explique : rester jeune est un impératif dépassé. Aux États-Unis, les concepts de « *anti-aging* » et de « *timeless* » auraient laissé plus de place à l'inclusivité et donné d'avantage de visibilité aux plus de 45 ans. J'apprends qu'on parle désormais de « *age fluidity* », de « *soft age* » et même de « *menopause visibility* ». Le message est clair : à 50 ans, on ne veut pas ressembler à une fille de 20 ans, mais si un bon coup de blush ou une injection d'acide hyaluronique nous aident à nous sentir mieux, pourquoi s'en priver? Elle conclut en citant la caution suprême, la philosophe féministe Camille Froidevaux-Metterie, qui affirme: « Consacrer du temps et de l'argent à travailler son apparence, c'est un projet de coïncidence à soi. Se réfléchir dans le miroir, modifier son reflet – ou pas –, c'est choisir celle que l'on est. »

Je glisse un coup d'œil soulagé à Florence. Les choses changent et les femmes de 50 ans sont enfin représentées telles qu'elles sont. Mais…

« Tourne la page, tu verras… »

Quelle douche froide! Les quatre-vingt-dix pages suivantes sont un condensé de tout ce qui justement ne va pas.

Vingt pages de « avant-après » intervention de chirurgie esthétique. Neuf femmes de 38 à 54 ans, « normales », comme vous et moi, expliquent leur choix du bistouri pour se sentir belles. D'un côté, prise de photo dans le cabinet de leur médecin avec lumière blafarde, sans maquillage, et parfois même coiffées d'un bonnet chirurgical sur la tête. De l'autre, ces mêmes femmes, rayonnantes, embellies non seulement par l'intervention chirurgicale mais aussi par les artifices de la prise de vue professionnelle. Plus le contraste est fort, plus c'est vendeur. La solution chirurgicale paraît incontournable. C.Q.F.D.

Depuis l'adolescence, comme beaucoup d'entre nous, j'ai bien intégré le diktat: « Il faut souffrir pour être belle », mais je trouve tout de même cette potion aux allures d'injonction contradictoire, un peu raide à avaler. Suivent soixante-dix pages évoquant des soins, des produits, des « routines beauté », illustrées par des mannequins qui ont… 18 ans. Ah non, pardon, à bien regarder, page 63, elle doit en avoir 15.

Effarée, je reviens au début de la lecture et compte les pages. Combien montrent une femme de plus de 40 ans ? La couverture avec Sharon Stone, un mini-encart publicitaire avec une photo – retouchée – d'Inès de la Fressange, neuf pages sinistres de « avant-après » et une double de vignettes dévoilant des stars au meilleur de leur forme.

Je passe à *Vogue*, *Madame Figaro*, *Biba*, *Cosmo*, *Marie Claire*… Au fil de la lecture, plus ça va, moins ça va. 90 % des femmes de plus de 50 ans mises en avant sur ces pages sont des stars riches et célèbres, « qui ne font pas leur âge » comme le titre si aimablement *Paris Match*. 10 % seulement sont valorisées pour leurs capacités professionnelles, qu'elles soient femmes politiques, cheffes d'entreprise, artistes ou scientifiques.

Je ne me retrouve nulle part dans ces journaux que, comme les 15 millions de lectrices régulières, j'engloutis régulièrement. Bien sûr, je sais que l'objet de cette presse n'est pas de parler de la réalité de la vie des femmes, mais de convoquer leur imaginaire, de les tirailler entre peur de ne pas être à la hauteur et envie de l'être. C'est même ce fossé, entre femme idéalisée, jeune, belle et parée d'attributs statutaires (vêtements, sacs, chaussures...) et femmes de la vraie vie, qui crée la béance narcissique idéale pour actionner l'impulsion d'achat de produits, nous donnant l'illusion de nous rapprocher du modèle. Chirurgie esthétique, crèmes de jouvence ou sacs hors de prix, nous voilà ! Et si, jusqu'à présent, nous avons été des victimes consentantes (comme en témoignent le nombre de paires de chaussures dans mon placard), aujourd'hui ce n'est plus supportable.

Le constat est implacable : pour exister dans un magazine féminin quand on a plus de 50 ans, il faut en paraître quinze de moins. Monica Bellucci a beau confier dans le magazine *Elle* : « À 50 ans, je profite de cette féminité nouvelle, celle qui vient avec l'âge, avec l'expérience de vie », c'est une version photoshopée d'elle-même qui nous l'affirme. L'injonction de jeunesse est partout, à toutes les pages. Dans *Marie-Claire*, je trouve malgré tout un article sur la ménopause, illustré, pour une fois, par le portrait d'une femme qui n'a pas l'air d'avoir 75 ans. J'examine de plus près la photo : elle en a 30.

Un ou deux magazines people se sont glissés dans la brassée de journaux. Ils sont d'une violence inouïe envers les femmes qui prennent de l'âge. D'un côté on se moque de celles marquées par le vieillissement. De l'autre, on traque les signes d'interventions esthétiques prouvant qu'elles se battent pour y échapper. Aucune issue, l'âge est un péché mortel. Succomber à « l'injonction des injections » n'y changera rien. Nous cherchons des représentations de femmes qui pourraient être des modèles ou nous ressembler ? Il n'y en a pas, nous sommes face à un vide. Nous avons disparu. Nous sommes invisibles.

J'avoue être un peu anéantie par cette lecture. Si j'ai bien compris, pour être une femme, il faut être jeune, riche et avoir « un mari fidèle ». Je ne coche aucune des cases. Le contrat de lecture m'a exclue. Je n'existe plus.

Mais je suis une éternelle optimiste. Portée malgré tout par Sharon Stone et Monica Bellucci, je m'accroche à l'espoir de trouver au cinéma des représentations de femmes mûres. Je pense aux beaux rôles de femmes interprétés par Isabelle Huppert, Catherine Deneuve ou Agnès Jaoui, et tape, enthousiaste, la requête « femmes 50 ans + cinéma » dans le moteur de recherche de mon ordinateur. À la place des portraits réconfortants de Sandrine Kiberlain ou de Juliette Binoche que je m'attendais à voir surgir, les premiers résultats sont malheureusement sans appel. Je lis : « Les femmes de 50 ans, ces grandes invisibles du cinéma », « Recherche femme de plus de 50 ans à l'écran », « Cinéma : après 50 ans, les femmes disparaissent ».

Curieusement, le nom de Marina Tomé apparaît dans chacun de ces articles. Cette comédienne, petit bout de femme bondissante, s'est vite lassée d'être renvoyée à des rôles dans lesquels elle ne se reconnaissait pas. Elle a ainsi créé, au sein de l'AAFA – Association des actrices et acteurs français associés – la commission « Tunnel de la comédienne de 50 ans ». Sur le sujet, cette fille de militants guévaristes argentins est intarissable. « J'ai la révolte dans le sang, me répond-elle en riant alors que nous discutons en visio. Un jour, j'ai pris conscience que nous, les comédiennes de plus de 50 ans, n'avions plus de boulot. Je voulais savoir s'il s'agissait seulement de mon ressenti ou si c'était une réalité objective. J'ai donc rassemblé des consœurs autour de cette question et nous avons entrepris de compter les rôles qui nous étaient attribués. Résultat, dans les 202 films français de 2015, les actrices de plus de 50 ans n'obtenaient que 8 % des rôles. »

Aux côtés de Marina, la comédienne Catherine Piffaretti, son binôme dans l'association. Catherine sourit de l'air de celle qui vous réserve une bonne blague. Blonde, cheveux courts, grands yeux clairs, elle est de ces comédiennes au visage familier qui donnent l'impression de parler à une cousine. « La semaine de mes 50 ans, j'ai reçu deux propositions de tournage pour des publicités. Dans les fichiers de castings, les comédiens sont classés par genre et par âge. Mon anniversaire déclenchait donc naturellement de nouvelles propositions. » La première directrice de casting qui la contacte lui propose « un truc fait pour elle » : une très belle pub, une « réalisation cinéma » et surtout un message à défendre. « À sa façon de me vendre le projet, sans me parler du sujet, j'ai senti qu'il y avait un loup », sourit Catherine. Quand elle comprend qu'il s'agit de la promotion d'un traitement contre la ménopause, la comédienne avoue avoir fait un bond en arrière. « C'était une réaction instinctive.

Je savais que je ne devais pas accepter. Si j'associais mon image à celle de la ménopause, j'étais morte. » Apprenant son refus, la directrice de casting s'effondre et lui avoue : « J'ai appelé tout Paris. Aucune comédienne ne veut le faire. Et le pire, c'est que je vous comprends toutes très bien. »

Passé l'effet de surprise, Catherine s'interroge sur sa propre réaction :

« Je n'ai pas réfléchi une seconde avant de refuser. Cela me semblait vital. Mais pourquoi ? » Et d'analyser : « En tant que comédienne, j'avais intégré depuis longtemps la péremption attachée à l'image de la femme ménopausée. Ce n'est pas pour rien que dans *Elle*, le film de Paul Verhoeven, Isabelle Huppert, qui a alors 63 ans, mentionne à son amant qu'elle ne peut pas le voir parce qu'elle a ses règles. On ne veut tout simplement pas voir les femmes ménopausées. »

La même semaine, Catherine reçoit une autre proposition. Cette fois, il s'agit d'un sonotone. Interloquée, elle décide d'aller tout de même au casting, « pour comprendre ». « Quand le jeune directeur de casting m'a vue, blonde, en jean, plutôt mignonne, il m'a dit que j'avais dû me tromper de porte. « Pourquoi ? répond Catherine. Vous vous attendiez sans doute à une dame élégante aux cheveux blancs, légèrement ridée, habillée en couleurs pastel ? Pourtant vous avez demandé une femme de 50 ans. Eh bien, regardez-moi bien, une femme de 50 ans, aujourd'hui, c'est ça. »

Le sociologue Mathieu Arbogast s'est également

livré au comptage minutieux des rôles pour sa thèse. Le résultat est sans appel : « Depuis les années 1950, la répartition des rôles au cinéma en France est de 60 % pour les hommes et de 40 % pour les femmes. Mais la plus grande différence, c'est surtout en termes d'âge. » On voit des hommes de tout âge à l'écran. Avocat, procureur, policier, médecin, criminel, directeur de société ou manœuvre, il y a toujours un rôle pour un homme. Les rôles des femmes se concentrent seulement sur une tranche d'âge très jeune. Une femme, au cinéma ou dans les séries, est un personnage qui flirte avec la trentaine. Dans les séries, dont les saisons s'échelonnent sur plusieurs années, les comédiennes sont plus vite remplacées que les hommes.

Et puis, des femmes de 50 ans dans quels rôles ? « Pas celle de l'amante en tout cas, soupire Mathieu Arbogast. Les personnages masculins sont la plupart du temps présentés en couple. Autrement dit, ils ont une sexualité. C'est beaucoup moins le cas pour les femmes. » Passe encore quand les comédiennes sont des superstars : on accorde des amours à Catherine Deneuve, Isabelle Huppert, Juliette Binoche, Fanny Ardant. Dans *007 Spectre*, Monica Bellucci, 56 ans, fait succomber un James Bond de dix ans son cadet… avant qu'il ne se console de sa disparition dans les bras de deux vingtenaires.

Mais ces rôles sont des exceptions. À l'écran, les femmes de plus de 50 ans sont célibataires, abandonnées, frustrées, cougars, voire clientes d'amours tarifés : Isabelle Huppert dans *Mère* de Christophe Honoré, dans *Elle* de Paul Verhoeven ou dans *La Pianiste* de Michael Haneke, Michelle Pfeiffer dans *Trop jeune pour elle*, Charlotte Rampling dans *Vers le sud*, Josiane Balasko dans *Cliente* qu'elle a réalisé, Nathalie Baye dans *Le Prix à payer*, Judi Dench dans *Chronique d'un scandale*, et, bien sûr, Anne Bancroft, alias Mrs Robinson, dans *Le Lauréat*… Doit-on être plus optimiste devant le tendre et récent *Mes rendez-vous avec Leo*, où Emma Thompson découvre les joies du sexe en compagnie d'un *escort boy* très délicat ?

La sexualité des femmes de plus de 50 ans est représentée au mieux comme une curiosité, le plus souvent comme une anormalité. C'est ce que confirme la chanteuse Madonna. Après être tombée dans un escalier sur la scène des Brit's Awards en 2018, une chute qui lui a valu tant de moqueries, elle résume le problème très justement : « Je pense que l'âgisme et le sexisme vont de pair. Je ne pense pas que les hommes subissent l'âgisme. C'est donc une discrimination sexiste. Je trouve extrêmement injuste que les gens soient choqués quand je veux explorer la sexualité dans ma musique, quand je continue à être sexuellement provocante sur scène, ou quand je veux simplement m'amuser. J'ai l'impression qu'on n'a plus le droit de s'amuser quand on a 50 ans et qu'on est une fille. Je ne sais pas… mais Mick Jagger en a encore le droit, non ? Si vous êtes Mick Jagger, vous avez le droit de sortir avec une fille de 25 ans. Si c'est moi avec un garçon de cet âge, je suis une connasse, une putain, une salope. »

Une notion si dérangeante qu'elle conduit même Ridley Scott à changer l'histoire de France : dans sa version de la vie de Napoléon, l'empereur, incarné par un Joaquin Phoenix de 46 ans, épouse une Joséphine de vingt ans sa cadette, la jeune Jodie Comer. En réalité, on le sait, l'impératrice avait six ans de plus que l'empereur.

Rien de nouveau sous le soleil, souvenez-vous des marâtres des contes de notre enfance, la belle-mère de *Blanche-Neige*, celle, grotesque, de *Cendrillon*, la fée maléfique de *La Belle au bois dormant* ou encore Cruella dans *Les 101 Dalmatiens*…

Quand nous étions enfants, ces célèbres contes faisaient mention de fées penchées sur le berceau de l'héroïne pour lui donner jeunesse, beauté et douceur éternelles. Quand cette dernière avait des alliées, elles étaient très âgées. Des aïeules qui partageaient généreusement leur sagesse et pourquoi pas un brin d'impertinence. Un concept utilisé des décennies plus tard avec Poupette, interprétée par Denise Grey, dans *La Boum*.

L'ennemi, le repoussoir, c'était plutôt la femme entre deux âges. Loin de la jeunesse splendide, mais pas encore entrée dans une sage vieillesse. Un âge purgatoire, source de personnages de fiction transpirant la méchanceté, la manipulation, le désespoir, le ridicule ou la malédiction. Voire un subtil cocktail de toutes ces « qualités ».

Et d'ailleurs, *La Boum* puisqu'on en parle… Sorti en 1980, cette comédie romantique de Claude Pinoteau a fait plus de 4 millions d'entrées en France, 15 millions en Europe, et marqué toute une génération. Elle conte les premiers émois de Vic, adolescente parisienne, dans une famille où père et mère sont préoccupés par leur carrière et leurs problèmes de couple. L'adolescente trouve réconfort et attention bienveillante auprès de son arrière-grand-mère Poupette. Mais à y regarder de plus près, en 1980, Sophie Marceau a 14 ans, Brigitte Fossey, sa mère, 34, Claude Brasseur, son père, 44, Denise Grey, son arrière-grand-mère, 84 ans. Vic a donc une mère très jeune et très belle, un père de dix ans son aîné et une arrière-grand-mère. Pas l'ombre d'une grand-mère. Et quel âge aurait la mère de sa mère ? Probablement 55-60 ans, cet âge indésirable au cinéma, au théâtre, dans les médias ou dans la pub, ce fameux costume difficile à endosser.

Revenons à Walt Disney et aux contes de Perrault et de Grimm dont il s'est inspiré. La reine sorcière de *Blanche-Neige*, la belle-mère de *Cendrillon*, la fée maléfique de *La Belle au bois dormant*, Cruella des *101 Dalmatiens* ont toutes cet âge effrayant. Comme dans un bon James Bond, le personnage du méchant est essentiel. Et échoit la plupart du temps à des femmes encore belles, élégantes, mais hystériquement jalouses de leur jeunesse perdue. Terrifiées à l'idée d'être supplantées dans le cœur des hommes par une femme plus jeune, elles se servent de leur pouvoir et de leur expérience pour tenter de terrasser, toujours en vain, les jeunes héroïnes.

Je n'arrive pas à me sortir de l'esprit la réaction de

Maggie Gyllenhaal, qui avait été, à 37 ans, jugée trop vieille pour incarner l'amante d'un homme de 55 ans. Souvenez-vous : « Ça m'a fait mal, puis cela m'a mise en colère, et maintenant, ça me fait rire. » Elle est entre autres soutenue *via* twitter par l'actrice Jessica Chastain : « Imaginez une actrice déclarant qu'un homme de vingt ans son cadet est trop vieux pour avoir une relation avec elle. » L'Union américaine des libertés civiles – American Civil Liberties Union – avait alors demandé une enquête sur la question pour rétablir une équité. Il en ressort que si les femmes avaient des responsabilités plus importantes à Hollywood, cette inégalité serait moins visible, mais « les femmes réalisatrices ne travaillent pas dans un environnement équitable et ne disposent pas de vraies opportunités pour réussir », conclut l'enquête. Cette initiative, louable, n'a pourtant guère fait avancer les choses.

Les comédiennes Tina Fey (52 ans), Julia Louis-Dreyfus (62 ans) et Patricia Arquette (54 ans) ont, elles, décidé d'en rire avec l'hilarant sketch d'Amy Schumer *The Last Fuckable Day*, qu'on peut traduire par « le dernier jour de baisabilité », cette date fatidique où les actrices sont transformées en femmes asexuées et indésirables. Un âge estimé aux États-Unis dans une étude récente à… 35 ans. Les actrices décident de voir le bon côté des choses et de célébrer ce tournant de leur vie. Après tout, elles seront ainsi débarrassées des rôles sexy. Avant d'admettre que leur âge les délivrera en réalité… de tout rôle à Hollywood ! Et de se remémorer Sally Field qui, après avoir incarné une femme séduisant Tom Hanks dans *Le Mot de la fin*, jouait, six ans plus tard, la mère de l'acteur dans *Forrest Gump* !

Le corps des femmes de 50 ans est donc invisibilisé au cinéma. Alors si nous n'avons plus de corps sur grand écran, avons-nous au moins une tête ? Là encore, Mathieu Arbogast casse l'ambiance : « Les personnages masculins sont représentés plus fréquemment en position de pouvoir que les femmes. C'est un système d'inégalité défavorable. » Plutôt incompréhensible. Est-on certain que le rôle d'avocat de 50 ans ne peut être UNE avocate ? Le procureur, UNE procureure ? « C'est un automatisme d'écriture », constate Marina Tomé, « on écrit pour les hommes. »

La scénariste Solen Roy-Pagenault, auteure notamment de la série Candice Renoir sur France 2, le confirme : « On a beaucoup de mal à proposer des sujets avec des héroïnes de plus de 50 ans. La télévision reste une affaire d'hommes. Ces derniers préfèrent les femmes jeunes et il est difficile de s'affranchir du désir du commanditaire. Créer un personnage de femme ménopausée est considéré comme une prise de risque et personne n'est prêt à le prendre. »

Une prise de risque ? Oui, car le potentiel romanesque d'une femme ménopausée est inexistant dans l'imaginaire des diffuseurs. Même la scénariste avoue elle-même ressentir un mécanisme d'autocensure et ne peut s'empêcher de douter : les téléspectatrices de plus de 50 ans ont-elles envie de se retrouver sur le petit écran ?

La comédienne et réalisatrice Julie Delpy fait le même constat : « Les décideurs sont des hommes qui ne sont pas forcément intéressés par des histoires de femmes inclassables car imaginées en dehors des archétypes et stéréotypes. » En septembre 2021, la créatrice de la série *On the Verge*, mettant en scène une bande de copines de 50 ans, explique à la journaliste du *Monde* Audrey Fournier, lors de la sortie de sa série sur Canal +, que son synopsis, écrit en 2012, est passé des bureaux de HBO à ceux d'Amazon. Ni l'un ni l'autre n'en ont voulu. Ce n'est qu'en récupérant les droits qu'elle a enfin pu développer la série avec la chaîne cryptée.

« La femme de 50 ans est perçue comme étant l'antithèse de la modernité. En télé, ce qui est moderne, c'est la jeunesse », conclut Solen Roy-Pagenault. À quelques exceptions près, notre représentation se trouve ainsi réduite dans les fictions à des personnages très décalés, flirtant même avec le ridicule comme *Sœur Thérèse* (Dominique Lavanant), ou *Capitaine Marleau* (Corinne Masiero).

La télévision associe donc la modernité à la jeunesse ? Ayant fait une grande partie de ma carrière à Canal +, je réprime un sourire. Je connais bien le prix qu'on attache aux jeunes talents : c'était mon travail de les recruter. Dévoreuse de chair fraîche, la petite lucarne y voit la garantie du renouveau, de l'exclusivité, de la découverte et un regard neuf sur la société. Dans un mouvement symétriquement inverse, elle méprise l'expérience, et notamment celles des femmes, longtemps cantonnées dans des rôles de faire-valoir décoratifs qui font tourner la roue de la fortune de présentateurs bien installés. Combien de fois ai-je entendu, alors que je soumettais le profil d'une journaliste un peu expérimentée: « Trop vieille! » Combien de fois ai-je ressenti l'angoisse de ces femmes qui commençaient à sentir le regard de la caméra se durcir sur leurs débuts de rides. Combien de discussions à la cafétéria autour du botox?

Ainsi, les femmes anticipent leur péremption comme en témoigne l'interview de Marie Portolano dans *Libération* au moment de son départ de Canal +. Dans son documentaire *Je ne suis pas une salope, je suis une journaliste*, qui dénonçait le sexisme dans le journalisme sportif, elle raconte qu'à 35 ans, il lui semble temps de changer de cap et d'arrêter la présentation d'émission. Le simple fait que cette jeune femme ultra-charismatique à l'écran se pose déjà la question m'attriste profondément.

L'invisibilisation globale des femmes à la télévision est confirmée par le GMMP – Global Media Monitoring Project –, qui photographie une journée des médias dans le monde tous les cinq ans –, et le CSA. En 2015, les femmes représentaient 24 % des individus à l'antenne. Elles étaient, pour le plus grand nombre, cantonnées aux questions d'éducation, de santé, et le plus souvent absentes sur les sujets d'économie, de politique, de sciences. Majoritaires en revanche (75 %) quand il s'agissait de représenter les sans-emploi, les élèves, les étudiants. Cerise sur le gâteau, l'enquête – qui ne porte certes que sur un jour précis dans le monde –, dévoile que 61 % des présentateurs d'émissions étaient des hommes de 50 ans. En France, ils étaient même 100 % ce jour-là. Sans doute la faute à pas de chance.

Mais on progresse. Et à la télévision plus que dans les autres médias. Durant les cinq dernières années, le GMMP a constaté un certain progrès au sein des rédactions en ce qui concerne la parité. Et, depuis 2012, le CSA s'est attaqué au problème. À la suite d'opérations de comptage, les chaînes ont été priées de prendre des mesures pour rééquilibrer les représentations. Ces démarches ont porté leurs fruits. Depuis 2019, les groupes France Télévision, TF1 et Canal +, ont mis en place des politiques volontaristes. Ils ont recensé des réseaux d'expertes susceptibles de s'exprimer à l'antenne sur différents sujets comme la médecine, le réchauffement climatique, les changements sociétaux, la politique internationale, l'économie... La représentation des femmes a grimpé jusqu'à 42 % du taux de présence à l'antenne : formidable, mais combien d'entre elles ont plus de 50 ans ? La route est encore longue. Si Anne-Sophie Lapix, Anne-Élisabeth Lemoine, Karine Lemarchand ou Élisabeth Quin, figures de proue de belles émissions, ouvrent la voie, les femmes à l'antenne demeurent encore aujourd'hui de jeunes et jolies journalistes. Les femmes mûres sont si rares que lors de la première de l'émission *C ce Soir*, présentée par Karim Rissouli, Laure Adler, recrutée comme chroniqueuse, s'est exclamée : « Merci d'engager des vieilles ! » Quant aux experts invités sur les plateaux, et malgré les efforts des rédactions et le développement de ce fichier d'expertes, ce sont toujours les hommes qui se taillent la part du lion.

Et puis, la pandémie est passée par là. Dans son rapport de septembre 2020 sur la place des femmes dans les médias en période de crise, Céline Calvez souligne que 83,4 % des personnes apparaissant à la une des journaux sont des hommes et qu'ils signent 74,4 % des tribunes. Alors, « Où sont les femmes ? » pourrait-on légitimement se demander.

« C'est une question d'autorité ressentie », m'explique Justine Planchon qui produisait notamment *C à Vous*, avant d'être nommée présidente de Mediawan. « Les études montrent que les téléspectateurs accordent plus de crédit aux hommes dès qu'il s'agit de sujets dits "sérieux". Et quand une crise sanitaire majeure passe par là, l'effort de parité s'écroule. Non seulement les progrès marquent un coup d'arrêt, mais la régression est spectaculaire. Le temps d'antenne d'expertes est tombé en 2020 à 20 %, soit une seule femme pour cinq hommes. »

Très engagée dans les questions de parité, aucun doute qu'elle continuera à faire bouger les lignes.

Coupure pub

Entre une fiction et une émission à la télé, vous regarderez bien un écran publicitaire ? Ça tombe bien, les femmes de plus de 50 ans ont été reconnues, par les dernières études marketing américaines, responsables à 80 % des achats de leur famille, elles devraient donc être traitées comme des reines.

Hélas ! En France, c'est toujours la femme de moins de 50 ans qui règne en maître. Rien n'a changé depuis les années 1960. C'est la suite logique de la conclusion des contes de Disney : « Ils se marièrent et eurent beaucoup d'enfants. » Après ça, débrouillez-vous, semblaient dire les dessins animés qui jamais ne s'aventuraient au-delà. Le champ était libre : qu'arrivait-il à ces charmantes jeunes femmes après leurs noces ? La publicité s'est chargée de nous le raconter. Dans les années 1960, il s'agissait surtout de leur vendre de l'électroménager alors en plein développement. Peu à peu, la pub nous promettait des matinées enchantées avec l'ami des petits déjeuners, des brassées de linge immaculé parfumé de lavande autour de grande et joyeuse tablée familiale, des enfants souriants faisant cuire des saucisses au feu de bois et se régalant de purée en flocons. Mais la blonde maman aux airs de Catherine Deneuve dans *Peau d'âne*, œuvrant en chantant à son cake d'amour, s'est modernisée. Aujourd'hui, la femme de moins de 50 ans travaille, fait du sport et les courses, passe déposer la voiture au garage, achète les baskets du petit dernier, etc. Nouveauté : elle sait désormais planter un clou et partage quelques responsabilités domestiques en riant aux éclats avec son conjoint. Pourtant, elle reste implacablement jeune, jolie et cantonnée aux soins de sa maisonnée. Et c'est elle, toujours elle, le personnage puissant qui guide les choix des publicitaires, régies, agences médias, unités de programmes, producteurs et scénaristes.

Quiconque a travaillé dans l'audiovisuel connaît les éternelles questions des lendemains de diffusion d'un programme clé :

« Alors ? On a fait quoi ? France 2 est devant nous ? Mais nous, on a fait combien sur la ménagère de moins de 50 ans ? »

Seule transformation, le terme de « ménagère » a été remplacé pour plus de modernité par « femme responsable des achats » depuis 2015. Soucieux des évolutions de la société, les publicitaires, média-planneurs et annonceurs ont tout de même intégré que le terme « ménagère » était démodé, voire dénigrant. Un constat très ennuyeux quand on s'adresse à un public majoritairement féminin.

Fabrice Mollier, directeur général adjoint de TF1 Publicité, avait même devancé cette décision et s'en était expliqué sur un site professionnel : « Le nom "ménagère" ne donnait pas une image positive de la femme et ne correspondait plus à la politique éditoriale de TF1 ni aux idées de ciblage de nos clients. »

Donc, malgré ces réflexions et ces questions débattues pendant des années dans le but de valoriser les femmes, il n'en est ressorti qu'une chose ? La disqualification du mot « ménagère » ? C'est tout de même un peu court. L'expression « moins de 50 » reste, elle, bien accrochée. Dans les couloirs et les réunions des chaînes de télévision, à l'heure des résultats d'audience, la chanson est toujours la même : « Et sur la FRDA de moins de 50, on fait combien ? »

La moitié de la population adulte féminine dépasse pourtant cet âge. Les responsables du marketing imaginent donc qu'après 50 ans, nous n'avons plus d'enfants à nourrir, d'hommes à séduire ni aucun autre besoin. Notre pouvoir d'achat part sans doute en fumée avec le demi-siècle et nos hormones ont sûrement raison de nos capacités de décision. Après 50 ans, les femmes entrent directement dans la catégorie des séniors et, dès 45 ans, la publicité leur propose monte-marches et baignoires à porte. Charmant.

Clémence Gosset, directrice RSE (Responsabilité sociale des entreprises) de L'Oréal, s'étonne que cet outil de mesure soit encore utilisé : « Nous avons pourtant des outils beaucoup plus précis, pour mesurer les effets de nos produits sur les femmes de 15 à 75 ans et même au-delà. » Si un annonceur aussi puissant que L'Oréal n'utilise plus les résultats d'audience de la Femme responsable des achats de moins de 50 ans, qui décide alors de conserver cet âge comme une référence couperet ? Un système paresseux qui n'arrive pas à s'en déshabituer ? C'est ce que semble confirmer Pablo, jeune réalisateur de films publicitaires pour des annonceurs à gros budgets : « Quand tu construis le “persona” de ta pub, tu dois très vite lui donner un âge, une vie, des hobbies, imaginer ses journées. Puis tu vas lui chercher une représentation en banque d’images. » Le cercle vicieux des stéréotypes se referme systématiquement sur un quinquagénaire splendide au volant d’un véhicule rutilant, accompagné bien sûr d’une *bimbo* de vingt ans sa cadette. Ou sur une vieille dame asexuée en pull mohair rose, plus proche de Mamie Nova que de Naomi Campbell.

Malgré la démographie, malgré une tendance à valoriser les femmes dans la société, les résultats d’audience et les tarifs publicitaires restent indexés sur le stéréotype de la femme jeune, sans que personne ne semble relever non seulement la discrimination, mais l’absurdité économique d’une telle posture.

Stéréotype, quand tu nous tiens

Invisibles les femmes de plus de 50 ans ? Pas tout à fait. Le pendant de la femme jeune et séduisante existe pourtant bel et bien. Toute une série de stéréotypes permettent de penser l’image de la femme plus âgée. Certains viennent de loin. Je me suis penchée sur la question et me suis même amusée à créer mon propre répertoire.

La Milf-Cougar

« Mrs Robinson, essayeriez-vous de me séduire ? » Femme scandaleuse, la Cougar ou Milf (*Mother I'd Like to Fuck*) utilise des hommes qui pourraient être ses fils pour pallier la frustration sexuelle d'un mariage qui s'éternise. Elle n'a pas froid aux yeux, assume son corps, ses désirs, ose briser tabous et conventions. Comme l'inoubliable Anne Bancroft, inévitablement évincée par sa fille dans le cœur du jeune et pataud Dustin Hoffman dans *Le Lauréat*. Parfois, elle finit même dans des films pornographiques.

L'aigrie

La vieille fille prof de physique-chimie, la Folcoche de *Vipère au poing* ou les marâtres de Walt Disney. De sa bouche ne sortent que des crapauds. Plus qu'un stéréotype, elle est l'archétype de la femme frustrée, méchante et venimeuse. Elle n'a plus d'hommes dans sa vie, plus de vie sexuelle et se venge de toutes ses défaites sur le reste du monde. Principalement sur les jolies jeunes filles.

La paumée

Elle erre les bras ballants de bureau en bureau, le regard flou derrière ses lunettes à double foyer, essayant de trouver celui ou celle qui pourra lui expliquer pour la millième fois comment fonctionne l'imprimante. Quand elle approche, chacun fait semblant d'être très occupé, parce qu'en plus de devoir lui réexpliquer le fonctionnement de l'imprimante, on sait qu'elle va en profiter pour raconter ses dernières vacances avec son chat chez sa belle-sœur. Et ça…

La quinquado

Elle s'en balec', mais en total Zadig et Voltaire. Il y a dix ans, elle a posé avec sa fille dans la pub Comptoir des Cotonniers, parce que « c'est vrai, on ne le fait pas exprès, mais on porte vraiment les mêmes fringues ». La quinquado, comme le dit Florence Foresti, c'est une ado avec une carte bleue. Libérée de tout, elle bosse, fait la fête, porte des boots à paillettes et se déplace en trottinette. Et alors, ça vous dérange ?

Les belles-mères

Celle qui me vient immédiatement à l'esprit n'est pourtant pas une véritable belle-mère pour la bonne et simple raison qu'elle refuse de voir son fils se marier. C'est Mouchy, incarnée par Marthe Villalonga, dans *Un éléphant, ça trompe énormément*. Caricature de mère excessive et abusive, elle traque son médecin de fils sur un court de tennis ou dans son cabinet. Elle ne cède rien, jamais, et joue sur toute la palette de l'hystérie des mères pour arriver à son but. Qui est ? Le bonheur de son fils, bien sûr. Fun fact, Marthe Villalonga, qui incarne donc la mère de Guy Bedos dans le film, avait deux ans de plus que lui au moment du tournage.

La femme abandonnée

Simone Signoret. Celle passée sans transition de la beauté insolente de *Casque d'Or* à cette vieille dame ravagée par l'existence dans *La Vie devant soi*. Qui semble soudain la mère du virevoltant Yves Montand au moment où il rencontre Marilyn Monroe. Simone Signoret, c'est la femme qui a tiré le rideau, abandonné une certaine idée de féminité, de beauté, l'envie de séduire.

L'inflexible

Elle sème la terreur près de la photocopieuse. Talentueuse et collaborative à ses débuts, l'expérience l'a raidie plutôt qu'enrichie. Toute conversation démarre par une litanie d'objections. Ses salves de savoirs sont seulement des automatismes, ses propos sont systématiquement négatifs. Avec elle, les négociations contractuelles et financières deviennent interminables. Une vie rêche et sèche.

La femme de pouvoir

Brushing, tailleur, talons plats, maquillage léger. Aucun signe extérieur de sexualité, c'est la femme-homme. Elle est dure, intransigeante, injuste jusqu'à la cruauté, dénuée de capacité d'écoute et d'empathie. Indifférente aux autres, et surtout aux autres femmes, elle consacre son énergie et son temps à déjouer ce qu'elle pense être des manœuvres contre sa personne. À la table du conseil, les hommes n'ont qu'à bien se tenir. Entre ses mains et ses neurones, son pouvoir se transforme irrémédiablement en perversité. D'ailleurs, comme l'a chanté Renaud, « dans cette putain d'humanité, les assassins sont tous des frères. Pas une femme pour rivaliser. À part peut-être, Mme Thatcher ».

La manipulatrice

C'est Merteuil évidemment ! Bien que Choderlos de Laclos n'ait pas donné d'indications précises sur l'âge des protagonistes de ses *Liaisons dangereuses*, cette intrigante, manipulatrice, qui cherche à gouverner les désirs des autres, doit être déjà avancée en âge. Madame de Merteuil est par ailleurs un personnage libre, actrice de sa sexualité. Boouu ! Ça, ça fait peur !

La savante

C'est la Philaminte des *Femmes savantes*, autoritaire et acariâtre, obsédée par les spéculations scientifiques et les règles grammaticales, négligeant ses devoirs domestiques pour passer ses jours et ses nuits le nez dans ses livres. Il est trop tard pour jouer de sa séduction, elle compense par une boulimie de savoirs. Dans l'opposition beauté/intelligence, elle a choisi son camp. Est-ce pour cela que Marie Curie est toujours représentée les cheveux grisonnants ? Rappelons qu'elle n'avait que 36 ans lorsqu'elle a reçu son premier prix Nobel de physique. La femme savante n'a pas de corps.

L'éternelle jeunesse

« Elle ne les fait pas. » Qu'elle soit photoshopée, liftée ou simplement héritière de bons gènes, on ne loue que son éternelle jeunesse. L'apparence moderne des femmes ménopausée est celle de filles momifiées. Vous avez 50 ans ? Vite, faites en sorte que cela ne se voit pas.

La sorcière

Héroïne du livre de Mona Chollet, elle est libre, trop libre. Vieille, elle exerce son pouvoir forcément maléfique à l'encontre de tous et ricane en s'envolant sur son balai. Chassée pendant des siècles, la sorcière, et toutes celles qui pourraient lui ressembler, a appris à redouter le regard posé sur elle. Elle sait qu'elle sera forcément plus vilipendée que les autres. La figure de la sorcière a nourri l'imagination des écrivains et des poètes. Ils ne cessent d'exprimer leur dégoût devant l'aspect répugnant de ce corps féminin vieillissant, les dangers de son pouvoir et de ses paroles maléfiques, son désir sexuel diabolique.

⁂

Même si ces portraits sont amusants, ils sont au cœur du problème.

Les stéréotypes sont des banques d'images stockées à l'insu de notre plein gré dans notre cerveau, bien pratiques pour catégoriser instantanément les dizaines ou les centaines de personnes aperçues chaque jour, dans la rue ou le métro. Classées avec soin et porteuses des bons tags, ces images permettent de savoir, en une fraction de seconde, si la personne croisée est susceptible de nous rendre service ou de nous trancher la gorge ; de nous faciliter la vie ou de nous la rendre désagréable. Elles assignent également l'individu à un groupe. Les Parisiens sont râleurs, les Marseillais exagèrent. Rappeur, enseignante, joueuse de foot, allergique au gluten, blonde, éboueur, asiatique, vieille, noire, habillé en costume... que je le veuille ou non, des présupposés vont m'être renvoyés toute la journée. Pratique certes, mais réducteur, pire, dangereux.

L'effet le plus pernicieux des stéréotypes est de conduire les individus assignés à un groupe à en adopter tous les comportements. Faire partie d'un groupe est sécurisant. Mais peut amener à calquer notre façon d'être et notre apparence sur ceux dont nous partageons quelques traits. C'est la conformité sociale : je suis supporter du PSG, catégorisé comme tel, je m'achète une écharpe pour marquer mon appartenance au groupe. Je suis une femme de 50 ans, donc je ne retrouverai pas un job, ni un amoureux : pas besoin de faire des efforts, je suis foutue.

Ce type de mécanisme est utilisé par les réseaux sociaux pour donner à ses utilisateurs le sentiment d'être reconnu, intégré. On est à l'aise donc on va passer des heures sur ce réseau. Au risque de s'enfermer dans la communauté à laquelle les algorithmes nous renvoient. C'est ce qu'on appelle « les bulles de filtre ». Ce mécanisme forge des communautés. Ou de l'entre-soi. Protège autant qu'il enferme. Prenez ces groupes destinés aux femmes ménopausées sur les réseaux sociaux : ils laissent penser que la ménopause est forcément un problème, alors que non, pas toujours.

Un mécanisme si puissant qu'il peut nous faire changer notre apparence mais aussi notre façon de penser, de réfléchir, d'apprendre et de travailler. On saisit là tout l'aspect performatif de ces assignations.

Ces généralisations et ces caricatures créent des groupes aux frontières définies, elles essentialisent les individus et sont le ferment de la mise à l'écart de l'autre. Il en va ainsi du racisme : « tous les étrangers sont… », comme du sexisme : « les femmes sont… » et de l'âgisme : « les vieux sont conservateurs… », « les jeunes sont violents… », « les femmes de plus de 50 ans technophobes… ».

Je repense soudain à Sylvie, une femme merveilleuse, passionnée de bijoux, qui conseille des jeunes marques et a lancé son blog. Enthousiaste, auteure de plusieurs livres, elle jongle avec Instagram comme une « native », cette génération née avec les réseaux sociaux. Mieux, elle instille dans l'horizontalité et la rapidité des plateformes un peu de verticalité, une profondeur, cette culture acquise dans les livres plutôt que dans Wikipedia. Non, décidément, elle ne rentre pas dans le stéréotype des femmes de plus de 50 ans forcément technophobes.

Vieille peau

La catégorie « femmes de plus de 50 ans » est surtout mentionnée dans les magazines pour personnes âgées ou les pubs pour soulager des inconvénients de la ménopause. À les lire, à les voir, il y a de fortes chances pour que nous finissions par nous sentir vieilles. Quant à ceux qui n'appartiennent pas à ce groupe, il leur est facile de ne voir dans nos énervements, contre notre chef ou contre notre mari, qu'une seule chose : nous sommes devenues de vieilles harpies ménopausées. Ils oublient que notre chef et notre mari sont peut-être vraiment des branquignols. Ou que nous sommes des harpies depuis toujours. Assignées à un groupe de femmes vieillissantes, moins promptes à la nouveauté, moins en mesure d'apprendre, travailler ou séduire, les femmes de plus de 50 ans peuvent finir par se conformer d'elles-mêmes au modèle qu'on ne cesse de leur assigner.

Est-ce parce que la maison d'Érasme à Anderlecht avoisinait un béguinage, ces communautés destinées à soulager la misère des femmes, que le philosophe médecin, père de l'humanisme européen, décrit en 1508 les femmes âgées dans son *Éloge de la folie* comme des épouvantes ? « Ce sont les vieilles amoureuses ; les cadavres à peine mouvants qui semblent revenus des enfers et qui puent déjà comme des charognes, le cœur leur en dit encore : lascives comme chiennes en chaleur, elles ne respirent que les plaisirs sales et vous disent franchement que, sans eux, la vie n'est plus rien… »

Chez Rabelais, même le diable prend la fuite après qu'une vieille de Papefiguière lui a présenté sa vulve. Les strophes de *Contre une vieille* (1558) de Joachim du Bellay peignent une sorcière, langue de vipère, éteignant le désir et éloignant une gente dame de l'amour de son homme. Les sorcières Denise et Catin figurent en bonne place dans *Les Odes* (1550-1552) de Ronsard qui y décrit leur supplice, le jugeant léger au regard de leurs actions néfastes. Associées au diable et à la mort, on retrouve ces femmes sous des traits effrayants dans des estampes et peintures de Albrecht Dürer, Hans Baldung, Jérôme Bosch. En 1565, Pieter Bruegel dit l'Ancien inscrit sur une estampe largement diffusée en Europe et parvenue jusqu'à nous les codes de la sorcière : une vieille femme chevauchant un balai, préparant des potions maléfiques dans un grand chaudron, accompagnée, bien sûr, d'un chat noir.

Nombre de nos préjugés et stéréotypes sur les femmes ménopausées puisent leur force dans ces images vieilles de cinq cents ans. Pendant des siècles, le simple fait d'être une femme vieillissante et seule pouvait vous conduire au bûcher. Le silence, la discrétion et l'acceptation de rôles prédéterminés scellaient votre survie.

Cette question des stéréotypes est plus grave, plus lourde de conséquences qu'il n'y paraît. Les représentations posent des normes et forgent une vision de la réalité acceptée par le plus grand nombre. Elles influent sur la société en général, mais aussi sur chacune d'entre nous.

Pour construire notre identité, nos valeurs, notre façon de penser, nous nous appuyons sur ces représentations. Si le discours général est, image à l'appui, qu'à moins d'être Sharon Stone ou un mannequin de 15 ans, nous ne valons pas la peine d'être mise en avant, cela finit par pénétrer nos esprits. Nous n'apparaissons nulle part ? C'est donc que nous n'avons plus de rôle dans ce monde.

Cette négation de notre identité est non seulement violente mais dangereuse. Moins les femmes de plus de 50 ans sont montrées, moins elles se sentent montrables. Plus on leur dénie de la valeur à cause de leur âge, plus elles se mettent en retrait du pouvoir, du travail, de la séduction. Plus les symptômes de leur obsolescence programmée sont pointés, plus elles se montrent à l'affût des défaillances de leur corps. Moins on est désirée, moins on se rend désirable.

Chaque lecture, chaque visionnage impriment ces représentations de femmes et nous renvoient à une sorte de zone grise, un purgatoire. Nous nous retrouvons coincées entre l'illusoire paradis de la jeunesse et l'enfer annoncé de la vieillesse. C'est alarmant : nous finissons par avoir une mauvaise image de nous-mêmes, les plus jeunes apprennent à redouter le vieillissement. Et les hommes intègrent, façon Yann Moix, qu'on ne peut pas aimer une femme de plus de 50 ans.

LE CORPS DU DÉLIT

Plastique

« Nous avons cette caractéristique en tant que femmes d'exister aux yeux du monde en tant que corps », pointe la philosophe féministe Camille Froidevaux-Mettrie. Dans *Le Corps des femmes, la bataille de l'intime* (2018), puis *Un corps à soi* (2021), elle met en évidence le rapport nécessairement incarné que les femmes ont au monde : leur existence est déterminée par leur corporalité. Alors que les hommes vivent, notamment dans le monde professionnel, comme s'ils n'avaient pas de corps et pas d'enfants, les femmes y sont constamment renvoyées. Sa conclusion est sans appel : « L'invisibilisation renvoie à ce fardeau qui est celui des femmes, de ne pas pouvoir faire autrement que de se présenter dans un corps et comme un corps. »

Le corps des femmes, on le sait, change au milieu de leur vie. Plus marqué, plus lourd, moins souple, il ne répond plus aux canons de ce que la sociologue Eva

Illouz nomme le « capitalisme scopique », une économie qui transforme la sexualité de femmes fantasmées en plus-value, à travers la production d'images, de l'industrie de la mode, des cosmétiques, du cinéma, de la presse, de la télévision… Alors, quand ce corps, qui a fait l'objet d'un culte et généré tant de bénéfices, se modifie, quand il est considéré comme moins désirable, on fait quoi ?

Même si, selon l'auteure France Ortelli (*Nos cœurs sauvages*, Éditions Arkhê), invitée en avril 2021 par *L'Obs* pour une conférence sur l'avenir des femmes, en 2049, la ménopause n'existera plus, « puisqu'on pourra cloner des ovocytes, la femme ne sera plus reléguée comme elle a pu l'être pendant des siècles comme étant le pilier de procréation du couple », pour l'instant, la valeur sociale des femmes est encore indissociable de celle de leur corps et de son esthétique.

L'injonction esthétique nous frappe en priorité. Depuis la fin des années 1960, le droit à la contraception et un ensemble de lois ont permis de rattraper les retards considérables concernant la condition des femmes, notamment dans la maîtrise de leurs corps. Mais les normes de beauté liées à la jeunesse et à la minceur nous ont été imposées encore plus durement. Il est donc admis, voire recommandé, que, à partir de 45 ans, nous mettions notre énergie et notre argent à effacer les effets du temps. Certes, nous avons aujourd'hui un choix bien plus large et étoffé pour nous aider. Encore faut-il que nous en ayons les moyens. Et l'envie.

Si nous ne voulons pas céder à ces injonctions, nous devrons affronter une société rebutée par une plastique supposément imparfaite, effrayée par la vieillesse, cacher ces corps considérés comme périmés. Tandis que les entreprises et le monde économique nous classeront dans la catégorie des séniors aux compétences proches de l'obsolescence.

En 1972, Susan Sontag publie un article qui fera date : « The Double Standard of Ageing » (*The Saturday Review*). Elle y souligne combien vieillir pour une femme et vieillir pour un homme sont deux réalités très différentes. Entre 45 et 65 ans, ni les femmes ni les hommes ne sont des vieillards. Pourtant, alors que les hommes sont encore largement considérés comme séduisants, les femmes subissent en permanence l'injonction au rajeunissement.

Le dicton populaire ne dit-il pas « les hommes vieillissent comme le vin, les femmes comme le lait » ?

« Dire la vérité et laisser leur visage raconter la vie qu'elles ont vécue » : cinquante ans après avoir développé ce concept du deux poids-deux mesures, cette invitation de Susan Sontag est restée lettre morte. L'idée que, en perdant leur principal capital jeunesse et beauté, les femmes se dévaluent bien plus que les hommes n'a, elle, pas pris une ride. Pire, elle s'est accentuée. Depuis les années 1980-1990, l'injonction du corps parfait est plus forte que jamais. Dans une société du look et de l'image, l'apparence des femmes est une valeur majeure.

Ménopause

C’est l’hiver. Les fêtes sont passées et pour reprendre une expression de ma fille : « Il fait un froid de gueux. » Les baies vitrées de mon petit atelier laissent passer des filets d’air glacial qui ricochent sur mes pieds et ceux de mon amie Joëlle. Je me lève, referme bien la fenêtre, change de place, jongle avec mon ordinateur pour éviter le courant d’air, tout en gardant un axe convenable pour le zoom qui nous attend.

Quand tout à coup il fait plus chaud, je félicite mon ingéniosité et l’efficacité de mes doubles vitrages. Mais la chaleur devient suffocante. J’enlève mon écharpe, puis mon pull. C’est de pire en pire. Je vais vérifier si la chaudière n’est pas déréglée. Non, tout fonctionne. Je me demande d’où vient cette température anormale. En me levant pour rouvrir la fenêtre, Joëlle me regarde en riant : « Dis donc, tu ne serais pas victime d’une de ces “bouffées de chaleur” ? » N’ayant jamais souffert d’aucun symptôme de la ménopause, je n’en sais trop rien. Et comprends soudain que je n’ai pas du tout considéré cet aspect biologique de la question. Pourtant, à 50 ans, toutes les femmes l’affrontent.

Personnellement, le terme de ménopause m’a toujours dérangée. Je fais partie de cette génération qui a caparaçonné sa féminité façon « *working girl* » et n’est pas à l’aise avec les mots de l’intimité féminine. Il m’a fallu quelques années avant même de pouvoir penser le mot « vulve ». Eve Ensler l’avait bien compris quand elle avait intitulé sa pièce *Les Monologues du vagin*, une façon de forcer le regard sur l'anatomie intime des femmes.

Joëlle, pour sa part, veut à peine entendre le mot de ménopause. Et s'emporte contre ces étiquettes qui à tout âge renvoient systématiquement les femmes à leurs cycles, à leur corps, comme autant de façons de disqualifier leur pensée et de les tenir hors des sujets du monde. Un peu comme si elles étaient bien trop fragiles pour maîtriser leurs émotions ou les inconforts de leur biologie.

« Faites un test, suggère d'une voix douce Daniel Delanoë, un des rares chercheurs en France à avoir travaillé sur la question. Dans une assemblée, prononcez le mot “nègre”. Vous imaginez le malaise immédiat généré par ce mot. Essayez ensuite “ménopause”. Les rires gênés vont peut-être se substituer à l'indignation, mais je vous le garantis : le malaise sera également bien là. Ces deux mots ont un point commun : ils stigmatisent des personnes selon des caractéristiques biologiques. Le principe même du racisme. »

Daniel Delanoë est à la fois psychiatre et anthropologue. Son livre *Sexe, croyances et ménopause* (2006), préfacé par Françoise Héritier, est incontournable. Et puis c'est un homme. Quand on souhaite la parité, remettre un peu de testostérone dans cette question d'hormones féminines fait le plus grand bien. C'est d'ailleurs son regard d'homme qui a poussé le chercheur à s'intéresser à ce thème il y a un peu plus de quinze ans. Alors qu'il parcourait la presse scientifique à la recherche d'un sujet de thèse d'anthropologie médicale, son attention a été attirée par des images de femmes très séduisantes : des publicités pour les traitements hormonaux de substitution. Il nous raconte se souvenir d'une photo de femme extrêmement belle, dans une robe rouge. D'une autre, très sensuelle, sous sa douche. Chaque image barrée d'un texte affirmant que la seule façon de rester une « vraie femme » à la ménopause était de prendre un traitement. Frappé par la violence de ces propos, réduisant la féminité à la jeunesse et à la beauté, il s'est interrogé sur l'injonction d'un traitement pour une réalité biologique qui n'est pas une maladie.

« C'est stigmatisant pour la moitié des femmes, donc un quart de la population. »

Je lui confirme que je déteste ce mot de ménopause et que je n'aimerais pas qu'on m'y associe.

« Vous me dites que vous n'aimez pas ce mot. Demandez-vous donc pourquoi.

— Je ne sais pas… il m'évoque quelque chose de vieux, rassis, gris et sec. Un peu comme ma tante paternelle. Une professeure de musique revêche qui battait ses enfants à coups de cravache. On excusait son comportement en avançant sa "ménopause" comme on l'aurait fait d'un cancer. Et Folcoche n'est pas un modèle des plus inspirants.

— Voilà. L'image qu'on a des femmes ménopausées est très dure. Or, il s'agit plus d'une construction historique et sociale que d'une réalité biologique. Factuellement, la ménopause est l'arrêt de la production d'œstrogènes et donc la fin de la fécondité des femmes. Le corps a besoin d'un temps d'adaptation, plus ou moins long selon chacune, pendant lequel il peut produire des symptômes. C'est une forme de résistance au changement. On appelait ça "l'âge critique" avant que le médecin français Charles de Gardanne n'invente le terme de "ménopause" en 1830. En créant le mot, il a créé le sujet médical. L'idée est alors née : les femmes n'ayant plus leurs règles sont malades.

— Le fait qu'un médecin invente un mot, transforme un événement biologique en maladie ? Mais pourtant, le mot n'a tout de même pas créé les symptômes !

— Bien sûr, les femmes ont toujours vieilli, comme les hommes. Mais le mot a permis de regrouper des comportements ou des pathologies que l'on ne reliait pas entre eux auparavant. Autrefois, une femme irritable était juste... une femme irritable. Et elle l'était sans doute depuis longtemps. »

Je repense à cette tante épouvantable à qui on trouvait toujours des excuses à partir d'un certain âge. La ménopause avait bon dos. Mais alors, avant l'invention du mot, cette transition biologique était-elle moins stigmatisée ? « Dans le Japon traditionnel, le mot n'existe pas. On considère que les femmes vieillissent comme les hommes », explique l'anthropologue canadienne Margaret Lock, qui a enquêté pendant deux décennies avant de publier *Encounters with Aging: Mythologies of Menopause in Japan and*

North America. « J'ai eu le plus grand mal à faire traduire en japonais "bouffées de chaleur" et à faire comprendre ce dont je voulais parler. Le sujet n'existait simplement pas. Les médecins me demandaient, consternés, ce qui se passait avec les femmes occidentales. » Les Japonaises ne font pas grand cas de ces inconforts transitoires. Cécile Charlap, auteure de *La Fabrique de la ménopause*, confirme qu'il semble en être de même pour les Chinoises : « En Chine, le mot n'apparaît qu'en 1964, dans la deuxième édition du manuel de gynécologie de la médecine chinoise recommandé par le Parti communiste. »

Et si, comme nous y invitent ces chercheurs, je changeais ma façon de voir les choses, soit en plongeant dans le passé, soit en m'intéressant à d'autres sociétés ? Il est fascinant de découvrir que la ménopause, donnée biologique commune à toutes les femmes, n'est pas un problème universel. Grâce aux récits historiques, on sait que de nombreuses femmes âgées étaient les stars des cours de France. Leur compagnie était recherchée, elles étaient considérées comme les plus expertes en matière d'usages, de politique et d'amour. En conséquence, elles étaient convoitées par des hommes souvent plus jeunes. Mme de Maintenon épousa secrètement Louis XIV alors qu'elle avait 50 ans et lui 46. Ninon de Lenclos entretenait une liaison avec le fils de Madame de Sévigné. Elle avait 51 ans, lui 23. Et cette dernière resta l'arbitre des élégances jusqu'à ses 80 ans.

Même chose quand on s'intéresse à des sociétés

dont l'organisation diffère de la nôtre. Comme par exemple les Mojaves, une tribu du Colorado étudiée par le fondateur de l'ethnopsychanalyse, Georges Devereux, au début du XXe siècle. Il décrit des grands-mères « épanouies socialement et amoureusement », représentant la sagesse et l'expérience. Elles travaillent, s'occupent de leurs petits-enfants et choisissent leurs amants à leur guise. Pour elles, l'arrêt de la fonction reproductrice est une libération leur permettant d'investir leur énergie dans d'autres champs comme la politique, les affaires et la sexualité. Même chose chez les Beti, au Cameroun, chez les Indiennes Pegan au Canada, ou chez les Baruya en Nouvelle-Calédonie… Mais aussi, plus près de nous, dans certaines sociétés rurales de Bretagne.

« Il existe un trait commun à tous ces groupes, signale Daniel Delanoë. Ce sont des sociétés où les rapports femmes-hommes sont équilibrés. Les femmes sont reconnues pour d'autres valeurs que leur capacité à engendrer des enfants. En Bretagne, les bras féminins ont autant de prix que ceux des hommes quand il est question de travailler aux champs. Quand les femmes cessent d'avoir des enfants, quand elles n'ont plus les traits juvéniles qui caractérisent la période de fécondité, il leur reste beaucoup de choses à apporter au groupe. Pas question de les disqualifier. Dès lors, ce cap peut être vécu comme une opportunité. » Ce que confirme Cécile Charlap : « Dans les sociétés où les rapports hommes-femmes sont équilibrés, la ménopause apporte un accroissement des possibles. »

Mais dans les sociétés moins paritaires, le mot « ménopause » tombe comme un couperet. Si le terme a été inventé en France, au XIXe siècle, c'est bien parce que l'époque était loin d'être favorable aux femmes.

Après la Révolution, les femmes ont été renvoyées à leur foyer. Leur rôle important et leurs droits difficilement acquis commencent à être balayés dès 1793, la Convention lançant un processus de relégation des femmes de la sphère publique. En 1804 le Code civil entérine leur statut d'éternelles mineures les soumettant à l'autorité de leur père ou de leur mari (une loi qui prendra fin en 1970 seulement !). Leur statut social dépend désormais de leur famille, de leur capacité à trouver un bon mari et à avoir des enfants. Pour résumer, la boulangère devient la femme du boulanger. Peu à peu s'impose l'idée qu'une femme, si elle ne peut plus avoir d'enfant, est inutile. Et lui prêter toutes sortes de symptômes disqualifiants simplifie le tableau.

Rappelons que la France est un pays qui a eu parfois du mal avec le droit des femmes : nous n'avons pu voter qu'en 1945 (là où les Afghanes peuvent le faire depuis 1919 !) et nous n'avons pu travailler sans l'accord de nos maris qu'en 1965 !

Au tout début du XXe siècle, c'est la découverte des hormones. On comprend que la ménopause est l'arrêt de la production des œstrogènes. L'industrie pharmaceutique pressent un marché considérable. Il faut faire peur aux femmes et leur faire croire que cette carence deviendra un terrible handicap : les descriptions de la ménopause sont alors d'une violence inouïe, apocalyptiques. Le gynécologue américain Robert Wilson, dans son livre *Feminine Forever*, très grand succès de librairie dans les années 1960, décrit des femmes « raides, fragiles, courbées, ridées et apathiques qui traversent en trébuchant leurs dernières années. Femmes désexuées, qui passent dans la rue sans qu'on les remarque [...]. » Son fils aura beau révéler, des années plus tard, que son père était payé par un laboratoire commercialisant des traitements hormonaux, le mal était fait. D'autres médecins s'engouffrent alors dans la brèche. En 1969, dans son best-seller *Tout ce que vous vouliez savoir sur le sexe*, le psychiatre américain David Reuben insiste : « ayant épuisé leurs ovaires, elles ont épuisé leur utilité en tant qu'être humain ». Pas mieux en France, où en 1978, la gynécologue Anne Denard-Toulet résume la ménopause d'un mot : « La peste, puisqu'il faut l'appeler par son nom. »

Une posture d'autant plus perverse qu'elle est performative : si le corps médical m'annonce que je suis malade, je vais certainement me sentir mal. En 1949, Simone de Beauvoir écrivait déjà, au sujet de la ménopause : « L'âge dangereux est caractérisé par certains troubles organiques, mais ce qui leur donne leur importance, c'est la valeur symbolique qu'ils revêtent. C'est moins du corps lui-même que proviennent les malaises de la femme que de la conscience angoissée qu'elle en prend. »

Mais l'écrivaine n'est pas entendue quand elle suggère que les symptômes de la ménopause ont un lien avec une construction sociale. Rien n'y fait, la ménopause est devenue une maladie effroyable. Et pour éviter ce qu'on leur annonce comme inéluctable, les femmes désirent ardemment recourir aux traitements de substitution. La ménopause est devenue une pathologie, la combattre une injonction.

Dans les années 2000-2010, la médecine nuance enfin sa position. Il ne s'agit pas de nier les symptômes désagréables, et parfois handicapants, de ce temps biologique, mais de reconnaître qu'ils ne sont pas liés à une maladie et surtout qu'ils ne concernent pas toutes les femmes. Peu à peu, les pathologies lourdes sont décorrélées de la ménopause et prises en charge par d'autres spécialistes que les gynécologues. L'ostéoporose est désormais une question pour les rhumatologues. Aujourd'hui, selon l'Inserm, seules 20 à 25 % des femmes se plaignent de troubles affectant leur qualité de vie au moment de la ménopause. De 50 % de femmes sous traitement en 2000, on est passé à 10 % en 2020.

Dans la lignée de Daniel Delanoë, quelques voix commencent à s'élever, considérant cette période comme un stade normal dans l'évolution de la vie de toutes les femmes. Certains vont même plus loin, comme Susan Mattern qui revisite dans *The Slow Moon Climbs* (2021) l'histoire de la ménopause à travers les âges et les continents. L'historienne américaine ouvre des portes sur les forces des femmes qui ne sont plus en âge d'avoir des enfants. Pour elle, la ménopause pathologisée est, à l'image de l'hystérie ou de la mélancolie, une invention de la médecine moderne occidentale, née à la Renaissance… Elle souligne que la ménopause n'existe que chez les humains et chez les baleines (même pas chez nos propres cousins les chimpanzés), et affirme que c'est une évolution du corps permettant de protéger les femmes des fatigues de l'enfantement à partir d'un certain âge. Elles peuvent ainsi s'occuper des plus jeunes. C'est la « *Grand Mother Theory* ». Pas un manque donc, mais une chance, en tout cas pour Susan Mattern…

Michelle Obama, Oprah Winfrey et Gwyneth Paltrow ont pris la parole afin de briser l'omerta : elles évoquent les inconforts de la périménopause, leurs bouffées de chaleur. En Angleterre, elles sont de plus en plus nombreuses à affirmer leur statut de femmes ménopausées. Pourtant, cette image de femme périmée quand les règles disparaissent résiste.

Mais parlons sexe…

Quand elle arrive la première fois à mon cabinet, poussée par un sentiment de malaise général, Suzanne est « tout en dedans ». C'est une femme de 48 ans, jolie, ronde, les traits fins… Mais elle semble faire en sorte que son corps ne montre en rien la vivacité et la subtilité de son esprit. Ses cheveux roux sont systématiquement serrés en queue-de-cheval, ses pulls douteux empilés les uns sur les autres, ses jeans noirs prolongés par des bottes de motarde. Il faut vraiment la regarder de près pour percevoir la pétillance de son regard. Professionnellement pourtant, tout se passe bien. Elle adore travailler dans cet univers du jeu vidéo que j'ai, pour ma part, encore un peu de mal à cerner. Elle fait partie de ces *late bloomers* qui ont pris le temps pour trouver leur voie, mais que rien n'arrête une fois lancés. Non, décidément, c'est dans le corps que ça résiste. Le désir s'est éteint dans le couple qu'elle forme avec son mari depuis vingt ans. « Ça ne m'intéresse plus..., dit-elle avant d'ajouter: De toute façon, j'ai eu une bouffée de chaleur et je n'arrive plus à me concentrer. Une amie m'a dit que c'était la ménopause, donc tout cela est fini pour moi. » Puis, comme si elle passait du coq à l'âne:

« Tiens, ça n'a rien à voir, mais j'ai enfin pris rendez-vous chez le coiffeur. Je vais tout couper, comme ça ce sera réglé

— Tout couper? Qu'entendez-vous par là? »

Avec ces deux micro-symptômes qu'on associe à la ménopause, Suzanne a trouvé le moyen de justifier l'injustifiable: « couper » son désir.

Le renvoi permanent à un corps qui tend à devenir un objet de dégoût dès qu'il perd sa jeunesse et sa capacité d'engendrer, surgit dans la vie de chacune comme le signal d'un échec personnel. Surtout quand, au même moment, une majorité d'hommes du même âge pensent que planter leur dard dans une jeunette va, par une sorte de capillarité étrange, les rajeunir, soigner leur calvitie et leur offrir la vie éternelle (spoiler: non). Mais les choses ne sont pas si simples. Les femmes qui vieillissent n'ont pas forcément moins de désir. Freud note même un accroissement de la libido à la ménopause.

Après que son mari l'a quittée, ô surprise, pour une version plus jeune d'elle-même, Émeline a traversé quelques mois de dépression avant de tout envoyer balader. Elle s'est inscrite sur un site de rencontres, y a rencontré un premier homme, puis un deuxième, un troisième… Sans parfois attendre la fin de sa relation précédente.

Ses histoires étaient chaotiques, pas toujours glorieuses, parfois source de chagrins, pourtant quelque chose a lâché. Comme si en apprenant à se donner, Émeline s'était retrouvée. « Je sais que mon entourage pensait que je faisais n'importe quoi. Mais je ne regrette rien. C'est aussi parce que ces hommes-là étaient parfois encore plus abîmés que je ne l'étais, que j'ai pu apprendre quelque chose sur moi et tisser une relation plus apaisée avec mon corps. » Elle poursuit, visiblement émue : « Je me souviens de la pénombre de cette chambre, baignée du seul éclat orangé du réverbère. Brisée par la fin d'une histoire d'amour intense, je cherchais l'oubli dans d'autres bras. J'avais répondu, incrédule, aux avances d'un homme un peu plus jeune que moi, charmant, d'une immense gentillesse et au physique sculptural. Après quelques jours d'une cour assez rapide, ce qui devait arriver arriva. La chambre, la nuit, ce moment où l'on se déshabille devant un homme… Ces quelques secondes où, alors qu'on tente de retirer sa robe de la façon la moins ridicule possible, toutes les angoisses et les complexes de l'adolescence remontent pour vous saisir à la gorge. Fesses trop grosses, cellulite, mollets épais, seins ridicules, et… et… et tout simplement le corps d'une femme de 51 ans. »

Émeline me raconte aussi comment elle s'est alors accrochée au souvenir de l'homme qu'elle avait tant aimé. « J'ai repensé à son corps à lui, si abîmé. Au grain épais de sa peau, à la dureté des poils de sanglier qu'il n'arrivait jamais à raser sur l'une des commissures de sa bouche. À ses dents jaunies par le tabac, à son genou cassé, à ses épaules frêles, à son ventre lourd et à l'immense, immense, immense amour que j'avais pour lui. J'ai pris conscience que chacune des anfractuosités de son corps avait été une prise où agripper mon amour. Que ces aspérités le rendaient unique, singulier, irremplaçable et finalement beaucoup plus désirable que le corps parfait qui s'étendait devant moi. Je me suis alors promis de regarder autrement mes propres aspérités. Plutôt que de les considérer comme des territoires de honte, je pouvais, peut-être, leur accorder le titre de petits nichoirs à sentiments. Aujourd'hui, je n'ai plus ni honte, ni peur », conclut-elle.

Rassurée sur qui elle est, cette femme plus épanouie que jamais a quitté les sites de rencontres. Ses histoires sont désormais plus longues, plus choisies, plus sincères. Elle s'affirme aussi davantage dans la vie en général.

Les aventures tumultueuses d'Émeline, sa « conduite » ont été sévèrement jugées. Peu à peu elle n'a plus été invitée aux dîners de ses amis mariés jugeant qu'elle mettait trop de temps à « refaire sa vie ». La liberté avec laquelle elle menait sa vie amoureuse et sexuelle planait comme une menace sur le bon ordonnancement des couples.

Au XIXe siècle, certains manuels pour jeunes mariés expliquaient : « L'épouse stérile et la femme ménopausée sont deux figures ravageuses aux amours inutiles, tumultueuses, excessives. » Avons-nous beaucoup changé ? Sommes-nous certains de ne pas étiqueter les Madonna ou les Émeline comme des Messaline dont la liberté d'aimer fait courir de trop grands risques à l'ordre établi ? À l'inverse des Mojaves du Colorado, nous n'acceptons toujours pas pleinement la puissance des flamboyantes. Émeline ne semble pourtant rien regretter.

L'élan sexuel ne s'éteint pas à 50 ans. Ni pour les hommes, ni pour les femmes. Surtout pas dans notre génération. La France, ce pays où l'on s'intéresse si peu au travail des femmes passé 50 ans, est aussi un de ceux qui étudient le plus leur sexualité. Il ressort que si, en 1970, les femmes en couple étaient 37 % à faire l'amour après 50 ans, elles étaient 79 % en 2006. La sociologue Nathalie Bajos a comparé ces études et précise qu'on note une prolongation de la vie sexuelle, une intensification et une diversification des pratiques. Après tout, si les *babys boomers* ont compris qu'il était plus agréable de faire l'amour que la guerre, c'est nous qui avons imaginé qu'on pouvait s'amuser avec des sextoys en silicone fuchsia !

La libido dont parle Freud s'exprime parfois autrement. Et c'est Martine qui me l'a sans doute le mieux décrit. À 55 ans, cette petite femme délicieuse ne trouvait plus d'intérêt à son métier de commerciale. Très active, elle n'était plus satisfaite ni par ses objectifs ni par ses résultats. Par ailleurs, son compagnon lui refusait la moindre relation sexuelle depuis des années, ce qui créait chez elle une frustration intense, doublée d'une culpabilité liée à son désir. « Il doit y avoir quelque chose de tordu en moi, je dois être anormale pour avoir encore envie de faire l'amour à mon âge… » Quand Martine a renoué avec le dessin, une de ses passions d'adolescente, je l'ai vue s'apaiser : « Vous comprenez, j'ai besoin de m'investir dans quelque chose de plus grand. Créer c'est quand même sublimer la vie… » « Sublimer », exactement… La sublimation, c'est cette façon de détourner ses pulsions vers un autre but que la sexualité. Un objectif plus grand, noble, socialement valorisé. Une forme d'art comme Martine l'expérimente, ou encore la religion, le soin aux autres ou le travail pour peu qu'il ait un sens. D'où ces fameux métiers du « *care* », du *mentoring*, ou aux statuts d'aidant, qui conjuguent activité et assistance aux autres, si souvent préconisés aux femmes en fin de carrière. Tressant de complexes mouvements d'échanges entre celui qui prend soin et celui qui est pris en charge, ces métiers réinjectent du sens dans la relation à l'autre. Ils sont source de fierté, de reconnaissance et de ce bon vieux narcissisme sans lesquels le psychisme s'effondre si facilement. Se consacrer aux autres permet aussi de s'évader de soi.

Que la libido soit gonflée à bloc n'est finalement pas surprenant. Attention, quand j'emploie le terme libido, c'est à la façon des psychanalystes : c'est sexuel, mais pas seulement. Rien de nouveau à cela, Freud a repris l'idée décrite par Platon sous le nom d'Éros. La libido, c'est une énergie, une pulsion de vie, tournée vers quelqu'un ou quelque chose. Décider de s'occuper de soi, monter un projet ou même sa boîte, décider d'aider les autres, se mettre à la peinture, tomber amoureux… c'est de l'élan libidinal. Un « amour » qui n'est donc pas nécessairement ravageur (vous n'êtes pas obligée d'abandonner votre famille et de partir avec Jean-Michel le voisin pour investir votre libido), mais entier.

J'ai l'habitude de décrire la libido comme un flux. S'il est canalisé vers un objectif, il sera puissant et bienfaisant. Si on le laisse se répandre au petit bonheur la chance ou bien tout inonder, on risque à la fois d'en perdre le bénéfice et d'en subir les dommages.

Au mitan de leur vie, les objectifs vers lesquels les femmes utilisaient cette énergie ont tendance à disparaître. Pensez à ces mères si fières de leurs enfants, entièrement définies par leurs succès, qui les voient partir faire leur vie avec un(e) autre. À ces reines de beauté dont les soupirants deviennent plus rares. À l'étoile montante de l'entreprise qui vient de voir une promotion lui passer sous le nez au profit de la nouvelle venue aux idées si modernes…

Oui le monde qui nous entoure change et nous aussi. Image, travail, amour, tout bouge ! Un peu, ou beaucoup, tout dépend. Mais ce n'est pas parce que nos buts ont changé que nous devons disparaître.

Nous avons besoin de rééquilibrer nos objectifs à une libido qui, elle, est toujours là. Nous devons apprendre à l'utiliser autrement plutôt que de la laisser se transformer en frustrations, en somatisations, ou comme le dit Charles de Gardanne en « troubles de la ménopause ».

La ménopause est une transition. Le moment où nous devons réajuster l'image que nous avons de nous-même. On parle de « réaménagement narcissique ». Nous avons déjà vécu cela à l'adolescence. Cette phase de transition qui nous permettait de passer de la petite fille aimée par ses parents pour ses qualités d'enfant à une personne autonome. Et, bonne nouvelle, on a beaucoup moins d'acné à la ménopause.

Réinvestir son énergie, c'est lui trouver un but différent. Ce n'est pas rien. Mais quand les femmes oseront réallouer leur libido à la ménopause, de quelque façon que ce soit, elles deviendront ce qu'elles n'auraient jamais dû cesser d'être, des flamboyantes.

Le point faible de la force

Curieusement, les féministes se sont peu emparées de cette vision archétypale des premiers signes de l'âge chez la femme. « Quand on se réfère à la catégorie

“ femmes ”, on pense jeune, blanche et hétérosexuelle », explique la chercheuse de Stanford Ashley Martin. Même Simone de Beauvoir, la philosophe féministe par excellence, n'est pas arrivée à en déconstruire le mythe.

Et pourtant, le Castor ! Sa féminité à la fois libre et contrôlée, ses amours contingentes encadrées par une pensée rigoureuse comme sa chevelure sous ses turbans. Son refus de la maternité, si scandaleux à l'époque, son exploration de l'intime, ne reculant devant aucun tabou. Radicale, abordant tous les thèmes de la société, de l'éducation à la mort en passant par l'amour et le travail, Simone de Beauvoir a toujours choisi le risque de la pensée contre celle de la facilité. Par son approche engagée, dans ses textes biographiques comme dans ses essais, elle a modifié en profondeur nos représentations sociales.

Elle a été la première à nous faire comprendre que l'on ne naît pas femme, mais qu'on le devient… sous le regard de l'autre. Son travail mêlant introspection et analyse philosophique a permis à des générations de déconstruire les mécanismes de l'aliénation des femmes, et de comprendre que, si la femme le souhaite, elle pouvait être un homme comme les autres. « Nos liens avec le monde, c'est nous qui les créons », expliquait-elle en 1975 à Jean-Louis Servan-Schreiber dans une de ses rares interviews télévisées.

Si elle traite puissamment du grand âge, sous tous ses angles – politiques, sociaux, existentiels, philosophiques, psychologiques, sensibles – dans *La Vieillesse*

(1970) et dans *La Cérémonie des adieux* (1981) en retraçant les dernières années de Sartre, quand elle aborde dans *Une mort très douce* la question de l'euthanasie à travers l'histoire de sa mère mourante, la philosophe bute sur ses propres premières rides. Elle se heurte de plein fouet au mur des années mais ne fait qu'aborder cet entre-deux où l'on n'est plus tout à fait jeune mais pas tout à fait vieille. Comme si toute sa belle énergie à dissoudre le carcan social emprisonnant les femmes ne pouvait rien contre le fait biologique.

Dans l'épilogue de *La Force des choses*, l'auteure dresse la liste des reproches qui lui ont été adressés depuis ses débuts. Des critiques sur sa façon de vivre, d'aimer ou d'être, tout simplement. Autant de condamnations qu'elle avoue vivre comme des « mutilations », même si elle les surmonte. Sauf celle ajoutée par elle-même à cette liste et pour laquelle elle ne « trouve aucune compensation ». « Ce qui m'est arrivé de plus important, de plus irréparable, depuis 1944, c'est que j'ai vieilli. [...] Vieillir, c'est se définir et se réduire. [...] Je me cogne à mon âge. » Des mots qui pourraient laisser penser que Beauvoir les écrit très âgée, voire peu de temps avant sa mort. Pourtant, elle ajoute, lapidaire : « C'est le cauchemar d'avoir plus de 50 ans. »

Ce sont bien les tout premiers signes de l'âge qui l'épouvantent : « À 40 ans, un jour j'ai pensé : au fond du miroir, la vieillesse me guette ; et c'est fatal, elle m'aura. Elle m'a. [...] Souvent je m'arrête, éberluée devant cette chose incroyable qui me sert de visage...

Rien ne va plus. Je déteste mon image… Moi je vois mon ancienne tête où une vérole s'est mise dont je ne guérirai pas. Oui, le moment est arrivé de dire : jamais plus ! »

Son angoisse n'est pas seulement liée à son physique. Elle se souvient de son adolescence, se remémore ses espoirs et ses enthousiasmes puis constate, horrifiée : « Je sens désormais mon esprit gagné par une sorte de résignation… Mes révoltes sont découragées par l'imminence de ma fin et la fatalité des dégradations. »

Elle pourrait voir dans ses premières tempérances le signe d'une maturité à l'œuvre, mais elle préfère y reconnaître l'annonce de sa fin prochaine. « La mort n'est plus dans les lointains une aventure brutale… La seule chose à la fois neuve et importante qui puisse m'arriver, c'est le malheur. »

Beauvoir n'est pas morte très âgée, mais tout de même… trente-trois ans plus tard. Il est bouleversant de lire combien, même pour celle qui fut jusqu'à ses derniers jours une écrivaine engagée dans la déconstruction des dominations, il aura été impossible de s'extraire de cette emprise.

Si Beauvoir n'arrive pas à prendre du recul face à l'âge, c'est bien que le couperet des 50 ans est omniprésent. Une épée de Damoclès au-dessus de nos têtes depuis l'enfance.

Peu de temps avant sa mort, lors de son dernier entretien avec la sociologue Karine Tinat, l'anthropologue Françoise Héritier raconte que, petite fille, elle passait ses étés dans une ferme. Le soir, pour regagner sa chambre, elle gravissait un grand escalier dont le palier était orné de deux gravures d'Épinal. La pyramide des âges des hommes d'un côté, celle des femmes de l'autre. Chaque dizaine de ces parcours de vie était illustrée d'un croquis. Dix ans, le temps des jeux : un garçonnet jouait au cerceau, une petite fille à la poupée. Vingt et trente ans, le temps des premières amours, puis de la famille, dessinés dans un même élan pour les garçons comme pour les filles. Mais à partir de 40 ans, les représentations dissonaient. Alors que l'homme partait joyeux pour la chasse, la femme était représentée assise sagement au foyer à s'occuper des enfants. La dizaine suivante constituait le sommet de la pyramide. On y voyait l'homme en gloire, debout, les bras écartés. Une légende soulignait son triomphe. « À 50 ans, l'homme embrasse le passé, le présent, le futur. » La femme, elle, était assise au faîte de sa pyramide, déjà vieille, les cheveux couverts d'une coiffe. Un bébé montait sur ses genoux. « À 50 ans, la femme s'arrête : au petit-fils, elle fait fête. » Hantée jusqu'à ses derniers jours par cette représentation somme toute assez banale, Françoise Héritier y voit sa première prise de conscience de l'inégalité de traitement entre les femmes et les hommes. Pourquoi la femme s'arrêtait-elle ? Ne pouvait-elle pas, elle aussi, embrasser le monde ?

Parce que cette assignation à la vieillesse à 50 ans s'adresse seulement aux femmes. Pas aux hommes. Simone de Beauvoir a trente ans de plus que Françoise

Héritier et Susan Sontag, est-ce la raison pour laquelle elle ne se révolte pas devant l'inégalité de traitement entre les hommes et les femmes face à la vieillesse ? Car, si elle entrevoit le côté libérateur de la ménopause, qu'elle considère comme un « affranchissement de ses chaînes », si elle n'a cessé de prôner la liberté des femmes et leur indépendance, elle ne trouve pas d'autre issue que le foyer pour celles qui ont pris de l'âge. « C'est quand même une ressource pratique et psychologique, qui leur permet de survivre beaucoup mieux », confie-t-elle à la grande figure du féminisme allemand, Alice Schwarzer, en 1983.

C'est un fait : le vieillissement des femmes intéresse peu les féministes. Le grand âge un peu plus. Benoîte Groult et Thérèse Clerc, toutes deux disparues en 2016, avaient créé la Maison des femmes, puis conçu la Maison des Babayagas pour abriter les plus âgées. Elles font partie de ces penseuses et militantes qui ont cherché à politiser leur propre vieillissement dans une perspective féministe. Évelyne Sullerot s'interrogera elle aussi sur le sujet avec le mouvement Retravailler, précurseur de Force Femme. Quelques activistes s'en empareront également aux États-Unis, au Canada et en Angleterre, mais elles ne seront jamais rejointes par les jeunes féministes. Celles-ci adoptent le plus souvent une posture de mépris vis-à-vis de ces femmes vieillissantes. Seule l'activiste anglaise Lynne Segal en appelle à un « nous » féministe intergénérationnel. La même Lynne Segal, qui, lorsqu'on lui demande son âge, répond : « Ne demandez pas, ne dites rien. La question me fait peur. Elle est exaspérante, d'autant plus pour celles qui, comme moi, féministes de gauche [...] se targuent d'avoir consacré tant de temps à combattre les préjugés de toutes sortes. »

Je la comprends, depuis quelques années, dire mon âge ne me dérangeait pas. Je me réjouissais même, avec un peu de malice, de la surprise dans les yeux de mon interlocuteur : « Je ne les faisais pas. » Il y a quelques jours, alors que j'affichais mes 57 ans, devant quelques amis tout juste rencontrés, il faut bien admettre cette fois qu'aucune surprise n'est venue allumer leur œil ! Moi non plus l'âge ne me gêne pas... tant qu'il ne se voit pas.

Nouvel âge

Alors, que s'est-il donc passé entre Simone de Beauvoir et nous ? Quelle différence entre son époque et la nôtre ? Pourquoi sommes-nous de plus en plus nombreuses à vouloir nous dégager de cette vision, toujours prégnante, d'une femme de 50 ans périmée ? Comment se fait-il que ces femmes si fortes n'aient pas vu le potentiel de ces années, que les combats féministes les aient presque oubliées ?

Cela fait vingt-cinq ans que le mythe de la péremption des femmes résiste, en dépit du réel. Il est temps qu'il lâche. Plus qu'un âge d'or, ces vingt années sont un nouvel âge. Un âge qui n'existait pas auparavant.

Des années gagnées sur l'espérance de vie mais qui, au lieu d'allonger la vieillesse, se sont glissées entre nos 45 et nos 65 ans.

Ce nouvel âge, il nous appartient de l'inventer. C'est un nouveau territoire que nous sommes une des premières générations à identifier et à être en mesure d'explorer en pleine possession de nos moyens, physiques, intellectuels, économiques. Avec l'autonomie et la liberté gagnées au cours de la deuxième moitié du XXe siècle.

Libérées des injonctions de séduction de nos 20 ans, de fécondité-maternité de 30 ans, de réussite à tous les plans de nos 40 ans, avoir 50 ans aujourd'hui s'offre à nous comme une *terra incognita*. Celle de la liberté, de la consolidation des expériences passées et de la projection dans celles à venir. Celle, enfin, où se dégager du désir des autres et s'approcher du sien.

Pour la première fois dans l'Histoire, nous sommes, à 50 ans, allégées des responsabilités familiales et de leur charge mentale, en pleine santé, notre sexualité est libérée de la fonction procréatrice. Nous sommes libres, fortes, actives, en capacité de parler et d'agir, d'investir tous les espaces publics avec des images et des modèles actualisés de qui nous sommes. C'est par notre façon de vivre ces prochaines années que nous changerons le regard de la société.

Nos mères ont ouvert des voies féministes en brûlant leurs soutiens-gorge, en apprenant au monde qu'on pouvait contrôler sa fécondité et s'investir dans des études et dans le travail, nos filles nous apprennent aujourd'hui que lorsque le respect et la parité ne sont pas respectés, on se lève et on se casse, c'est à notre tour, les femmes de 50 ans des années 2020, de nous offrir une nouvelle liberté. Celle de s'affranchir de la peur d'une péremption subie trop jeune.

Le cadeau de vingt années magnifiques.

Il existe une série d'évidences objectives concernant nos conditions de vie, d'éducation et de santé. En 1963, au temps où Beauvoir écrit *La Force des choses*, l'espérance de vie d'une femme était en France de 70 ans. Elle dépasse aujourd'hui les 85 ans. En ce demi-siècle, les progrès scientifiques permettent d'améliorer autant la santé que la maîtrise de nos corps.

La scolarisation primaire laïque obligatoire pour garçons et filles, depuis les lois Ferry de 1881 et 1882, devient phénomène de masse à partir des années 1950. Après 1965, la mixité des collèges et lycées donne accès aux études supérieures pour les jeunes femmes. Elles seront de plus en plus nombreuses… et leur taux de réussite aux examens grimpera en flèche.

Des changements radicaux vont bouleverser la vie des femmes et les sortir de l'incapacité économique et sociale dans laquelle les plongeait le Code civil depuis 1804. Changements radicaux obtenus pour certains de haute lutte. Puis, le développement du salariat féminin garantissant à la fois un salaire et un rôle social autonome. En 1960, seules 34 % des femmes étaient salariées. Aujourd'hui, elles sont deux fois plus.

Autant d'éléments qui nous permettent désormais de mener de front vie professionnelle, vie affective et familiale et font reculer l'effet de la sénescence, ce moment de ralentissement de l'activité.

J'en suis là de mes recherches quand on frappe à ma porte. C'est ma mère. Elle me fait parfois la surprise de venir prendre le thé chez moi. Je sais qu'elle aime marcher dans Paris. Elle fait partie de ces rares personnes qui parviennent à trouver du charme au XIIIe arrondissement, arrivant même à s'extasier devant une nouvelle pâquerette poussée sur le trottoir du triste boulevard Arago. En ce moment, elle vient un peu plus souvent. Je crois qu'elle ne raterait aucune occasion de s'informer de la progression de mon enquête sur le genre-âge.

À 81 ans, elle est encore une très jolie femme, gracieuse, élégante et piquante. Jeune, elle se désolait de ne pas ressembler à Stéphane Audran, son idole, mais d'être sans cesse comparée à Jane Fonda, bien trop vulgaire pour elle. Il y a des tourments que l'on aurait bien aimé avoir… Même si les années ont fait pâlir ses yeux myosotis, elle porte toujours un regard curieux, drôle et pointu sur la vie. Une vie qui ne l'a pourtant pas épargnée, mais elle s'est toujours battue pour surmonter les ravages, garantir son indépendance et élever ses filles. À l'image de la pâquerette du boulevard Arago, elle fait partie de ces gens qui choisissent de ne retenir que les souvenirs heureux. Entre deux tranches du cake au citron, je lui raconte mon hypothèse d'un nouvel âge, ces années qui se seraient épanouies dans la vie des femmes grâce à l'allongement de l'espérance de vie et à la triple action de l'éducation, du travail et de la science.

Elle hoche la tête en picorant.

« Il y a peut-être autre chose, ma chérie. Je sais que nous, les boomers, nous avons mauvaise presse en ce moment, mais tout de même, nous avons sacrément fait bouger les lignes, tu sais. L'avortement, la pilule, la liberté sexuelle, les minijupes, les pantalons... N'oublie pas les avancées sociales quand même. Vous ne vous rendez plus compte, mesdames, de ce qu'était la vie pour les femmes avant 1968.

— Mais toi, maman, comment as-tu vécu ces années, entre 45 et 65 ans ?

— Eh bien, je crois que j'avais un peu d'avance sur mon temps. J'étais une jeune maman à 45 ans, je venais d'avoir ta demi-sœur. Je travaillais beaucoup. Et après mon deuxième divorce, un aussi mauvais souvenir que le premier, et mes nombreux déménagements, il a fallu que je travaille avec davantage d'énergie, je n'avais pas de filet de sécurité. C'est sans doute ce qui m'a maintenue jeune. Tout comme les hormones prescrites par mon médecin dès les débuts de ma ménopause. En revanche, je voyais mes amies qui ne travaillaient pas se transformer en vieilles dames. Non, tu vois, je commence à me sentir vieille depuis... je ne sais pas, six, huit mois environ. »

Avant de repartir, elle pointe, d'un doigt encore fin malgré les déformations de l'arthrose, le vieil exemplaire de *La Force des choses* qui trône au milieu des livres épars sur ma table. « Tu me le rendras, n'est-ce pas ? Mes yeux ne me permettent plus vraiment de lire, mais j'aime bien l'avoir dans ma bibliothèque, un peu comme un compagnon. »

À côté du livre de Simone de Beauvoir, sont posées *Les Années*, de celle qui deviendra prix Nobel, Annie Ernaux. Dans cette autobiographie d'une femme approchant les 70 ans, je retrouve ce peu d'appréhension devant le temps qui passe, une philosophie plus proche de celle de ma mère que de celle de Beauvoir. En 1985, la narratrice a 45 ans et s'étonne de ne plus avoir d'âge à mesure qu'elle vieillit : « Par rapport à nos mères, refermées et suantes dans leur ménopause, on avait l'impression de gagner sur le temps. » Quelques pages plus tard, à 52 ans, elle s'étonne encore de ne pas vieillir et de dégager « une impression d'abandon maîtrisé, de plénitude ». Abordant la soixantaine, elle dit avoir le sentiment que sa vie est un « manuscrit gratté sur lequel on peut écrire à nouveau ». Et de le désigner par ce si joli mot de « palimpseste ».

Alors que Simone de Beauvoir sentait la véritable vieillesse pointer dès les premiers stigmates de l'âge, quelques-unes de nos mères pressentaient ce que nous affirmons aujourd'hui : ces premières marques du temps sont celles de l'expérience et elles ne nous privent en rien de notre énergie, de nos envies de nous réaliser et de nos capacités à entreprendre des projets. Oui, nos 50 ans ouvrent les pages palimpsestes, celles que l'on peut réécrire à notre gré, fortes de l'expérience passée.

Aujourd'hui j'en suis certaine, la société est mûre pour changer son regard sur les femmes du Nouvel Âge. Mais comme chaque changement, il a besoin d'être accompagné. Comment faire pour s'assurer que le regard de la société se déplace? Pour ne plus être discriminées en abordant la cinquantaine?

On l'a vu, brandir l'image de Sharon Stone ne suffit pas. Au contraire, elle agit comme un alibi, une présence non dérangeante, permettant d'éviter l'idée d'une discrimination supplémentaire, à la façon d'un Sidney Poitier, première grande star noire américaine, censé incarner l'égalité raciale dans les mirages cinématographiques des années 1950.

PROFESSION : INVISIBLE

Je suis restée dix ans de plus dans l'entreprise qui m'avait si aimablement fêté mes 45 ans. Et j'ai fait un amer constat : il n'était plus question pour moi de progresser. Quelques changements de poste, mais jamais de promotion, même si on me gâtait en me confiant de très belles missions. Plus de formations non plus. Ni pour moi, ni pour les consœurs de mon âge. Au moment d'en partir, parce que je me sentais trop pleine d'une énergie inexploitée, je me suis souvenue de ce courrier reçu le jour de mes 45 ans. Et j'ai décidé, dix ans plus tard, de retrouver la directrice des ressources humaines qui me l'avait envoyé.

Je rencontre Isabelle dans un restaurant italien proche de ses nouveaux bureaux. Je me souvenais d'elle comme d'une jeune femme créative, audacieuse, dont le calme apparent cachait un tempérament aventureux. Une fille capable à 30 ans de plaquer un très bon job pour partir un an en Californie, sa gamine de 6 ans sous le bras, afin de se former aux thérapies de l'école de Palo Alto.

Isabelle n'a pas bougé. Elle affiche une quarantaine lumineuse. Ses grands yeux, encadrés d'une cascade de boucles brunes, semblent toujours prêts à dévorer le monde.

Salades à peine commandées, je lui demande si elle se souvient de ce courrier envoyé aux managers, le jour de leurs 45 ans. Avec son rire franc, Isabelle trouve immédiatement la bonne distance pour parler de ce sujet délicat.

« Bien sûr ! Ce courrier était lié aux objectifs du ministère du Travail. Il faisait partie du dispositif appelé "l'accord senior". L'idée était de faire réaliser aux managers qu'ils étaient en train d'aborder la deuxième partie de leur carrière et de les préparer à passer le cap des 50 ans.

— Parce que cet âge est vraiment un cap en entreprise ?

— Certainement, les chiffres sont implacables. À partir de 50 ans, les collaborateurs sont considérés comme trop chers et dépassés. On leur préfère des profils jeunes, malléables, qui "en veulent" et qu'on paie moins cher. Ce n'est pas qu'on veuille systématiquement se débarrasser des plus âgés, c'est bêtement arithmétique. Une armée de jeunes gens piaffe aux portes des responsabilités. Ils sont brillants, fringants. Ils ont des formations plus modernes, c'est-à-dire plus proches des attentes du marché. Ils ont de l'ambition aussi. Et cette ambition, qui est légitime d'ailleurs, se trouve bloquée. Par qui ? Par nous. C'est-à-dire par quelqu'un d'installé dans son poste depuis une dizaine d'années, avec un salaire confortable et des habitudes qui commencent à prendre la poussière.

— Évidemment, dit comme ça...

— Ce constat, je l'ai retrouvé dans tous les secteurs où j'ai travaillé. De l'industrie automobile aux studios de cinéma américains, en passant par les groupes de médias ou du luxe.

— En tout cas, moi, cette lettre m'a cassé les pattes. Je suis sans doute une *late bloomeuse*, quelqu'un qui s'est réveillé tard, mais l'idée de " carrière " venait juste d'émerger dans mon esprit. C'est même une période de ma vie où je commençais à me sentir innovante et créative, je savais avoir la capacité de mettre en avant mes idées les plus audacieuses. J'étais enfin disponible, riche d'expérience et en pleine forme. L'idée que ma progression professionnelle soit stoppée en plein élan et qu'il faille me préoccuper d'avantage de ma retraite que de mon ambition est venue faucher mon enthousiasme comme un sale coup derrière les genoux.

— Vous avez été nombreuses à être heurtées, confirme Isabelle. Et je dis bien nombreuses. Ce courrier avait été adressé aux femmes comme aux hommes. Mais seules les femmes l'ont mal pris. C'était même sidérant de voir combien elles avaient le sentiment, à la réception de ce courrier, d'être renvoyées à une date de péremption. Si elles comprenaient la nécessité d'interroger la progression de leur carrière, elles ne saisissaient pas l'intérêt de raccrocher cette exploration à un âge précis.

— Les femmes sont toujours renvoyées à leur

corps. Cet âge pour les femmes n'a pas bonne presse, la moindre suggestion de fragilité nous angoisse. Est-ce qu'elles t'en ont parlé ?

— À la suite de ce courrier, nous avions mis en place des entretiens personnalisés. L'idée était de discuter de la façon dont chacun voyait son avenir professionnel et d'amorcer une prise de conscience sur la nécessité de penser à de nouveaux postes. Eh bien, chaque femme, je dis bien chacune d'entre elles, a commencé par me préciser qu'elle n'avait pas encore 50 ans, et que cet entretien les angoissait. Qu'elle se sentait stigmatisée. Et beaucoup d'entre elles enchaînaient même sur la question de leur apparence physique. »

Isabelle marque un temps d'arrêt avant de reprendre sur le ton de la confidence :

« Tu sais, c'est très étrange d'entendre une directrice financière, une femme intelligente au parcours impeccable, te dire dans un entretien de carrière, que, " oui, elle sait bien que ses bras ne sont plus très fermes mais que, promis elle va se réinscrire à la gym ". Ça n'avait évidemment strictement rien à voir avec l'objet de l'entrevue ! Jamais je n'aurais pensé que la question de l'apparence fût à ce point un sujet d'inquiétude. Que des haltères puissent faire office d'outils de développement RH... Et pourtant on en est là. »

Je me souviens très bien de la directrice financière dont me parle Isabelle. Une femme à l'allure folle, extrêmement respectée dans son métier. Qui aurait pu penser qu'elle aussi avait besoin d'être rassurée sur son apparence ? Comme si les marques physiques du temps avaient une incidence sur nos compétences.

Isabelle poursuit, enfonçant le clou :

« En revanche, aucun des hommes n'a fait référence à son physique. Ça n'était pas une question pour eux et je pense que si j'avais fait une allusion à leur physique, ils m'auraient prise pour une folle. L'entretien de carrière n'était qu'un jalon comme un autre dans leur parcours professionnel.

— On n'imagine pas un homme s'inquiéter de n'avoir plus de cheveux pour briguer un poste de direction…

— Pour la première fois, dans la sphère professionnelle, j'ai pris conscience du décalage entre les hommes et les femmes sur la question de l'âge. Toutes redoutaient l'identité sociale de “la femme de 50 ans”. J'ai réalisé que le regard social sur ces femmes était un poids aussi lourd qu'injuste.

— Mais après tout, on ne se voit pas toujours vieillir. Toi qui avais dix ans de moins que nous… Tu nous trouvais vieilles ?

— Au contraire ! Aucune de vous ne me semblait âgée. Mais je me souviens d'avoir eu le sentiment que vous ne vous rendiez pas compte de ce qui allait vous tomber dessus. En tant que RH, on sait ce genre de choses. On l'a vu trop souvent. C'est comme une destinée implacable dans l'entreprise. Je savais que vous alliez y être confrontées très rapidement : vous n'aviez pas réalisé que 50 ans est une guillotine en entreprise. Et qu'elle allait vous couper la tête.

— Pour les hommes comme pour les femmes ?

— Oui, mais les femmes de cet âge-là ont déjà été freinées dans leur carrière, à la fois par de nombreuses discriminations et par des interruptions. La plupart d'entre elles n'ont pas eu les mêmes opportunités d'affirmation professionnelle que les hommes. Le frein brutal de l'âge frappe alors plus fortement. »

Isabelle n'avait pas changé, toujours aussi directe et claire, et avec cette même énergie.

« Et toi, Isabelle, maintenant que tu approches des 50 ans… Tu sens le même ostracisme te tomber dessus ?

— Bien sûr. Ne crois pas que mon poste de DRH me mette à l'abri. Ce que je savais d'un point de vue théorique, je le vis maintenant de façon pratique. Je sens bien que mon tour approche. Ce sont des petites choses, comme le fait d'être moins souvent positionnée sur les nouveaux projets par exemple. Je comprends aujourd'hui le décalage entre l'image sociale de la femme de 50 ans et la réalité. Car comme toi, comme vous toutes, je ne me suis jamais sentie aussi forte, créative et disponible qu'aujourd'hui.

— Et alors, tu fais quoi ?

— Je cherche un nouveau job. Je m'y prends tôt parce que je sais que mon âge est un frein. »

Il est temps de se quitter et nous nous levons de table sans légèreté. « C'est quand même désagréable d'être prise pour des vieux croûtons, non ? » Isabelle sourit. « Ma fille me dit tout le temps qu'avec mes amies, on ne fait pas notre âge. Bien sûr, ça me fait plaisir, mais ça veut dire aussi qu'elle a déjà intégré la norme sociale d'une femme de 50 ans vieillissante et qu'elle va se construire avec ça. »

Ce n'est donc pas un hasard si cette image disqualifiante de la femme de plus de 50 ans, croisant le genre et l'âge, m'a d'abord frappée par le prisme du travail. Dès 45 ans, les femmes sont prises en ciseau entre le sexisme et l'âgisme.

Mauvais genre

Cet effet de ciseau réunissant le genre et l'âge s'installe doucement dans le parcours professionnel des femmes. Il commence bien sûr par le sexisme. Cette discrimination-là, bien documentée, peut se résumer en quatre chiffres.

16,5 %

C'est l'écart moyen entre le salaire des femmes et le salaire des hommes en France, en 2021 (Eurostat), en dépit de l'arrêté du 30 juillet 1946 qui accorde l'égalité de salaires entre les femmes et les hommes.

71,7 %

C'est le taux d'emplois à temps partiel occupés par des femmes. Sachant que « temps partiel » ne veut pas dire « Je travaille à mi-temps pour avoir le temps d'aller chez le coiffeur », mais un temps partiel non choisi. En effet, quand on demande aux femmes employées à temps partiel si elles préféreraient occuper un emploi à plein-temps, 70 % répondent par l'affirmative.

59 %

C'est le nombre d'entreprises de plus de cinquante salariés qui ne respectent pas la loi sur l'égalité professionnelle et n'ont ni accord ni plan d'action sur le sujet. Et seulement 0,2 % de ces entreprises sont sanctionnées.

4

C'est le nombre de femmes P.-D.G. du Cac 40 en 2022.

Quatre petits chiffres qui en disent long sur les empêchements, les freins à la carrière des femmes car, s'ils sont identifiés, ils ne sont pas tous combattus avec la même férocité.

La première question quand on parle femme et travail, c'est la maternité. Et plus précisément, le congé de maternité. Seize semaines minimum d'absence nécessitant réorganisation de service, recrutement temporaire, et toutes ces complications qui viennent bousculer la routine. C'est la raison pour laquelle la grossesse des femmes est tant redoutée par de nombreux managers et DRH.

Pour combattre cette inégalité, l'idée d'un congé paternité d'une durée équivalente fait son chemin. Il existe déjà en Espagne et vient d'être allongé à vingt-huit jours en France. Un congé pour les hommes quatre fois plus court que pour les femmes ! Et combien accepteront de le prendre ?

Les études le montrent : le simple fait d'avoir des enfants – ou de pouvoir en avoir –, génère des discriminations pour l'employabilité des femmes. 39 % des mères voient leur activité modifiée l'année qui suit la naissance de leur enfant. Eh oui, après la question du congé maternité se pose celle de la parentalité. Qui pour assister aux réunions parents-professeurs, s'occuper des enfants malades, prendre le relais de la garderie le soir, aider aux devoirs, nourrir, blanchir… ? Toute la charge mentale liée à la parentalité incombe encore aux femmes à 71 %, selon l'INSEE.

Le temps et l'énergie demandés pour élever des enfants sont endossés la plupart du temps par les mères et constitue une partie importante des « trente-six heures de travail gratuit » effectuées par les femmes. Un temps qui se heurte à celui du travail rémunéré. Les employeurs le perçoivent comme un handicap. Pourtant, les études le montrent bien : il n'y a aucune corrélation entre le niveau d'absence des femmes (hors congé maternité) et le nombre d'enfants.

Valérie fait partie de celles qui ont réussi à élever trois enfants tout en menant une brillante carrière. A-t-elle senti le regard de son environnement professionnel se durcir quand elle mentionnait ses enfants ? « Encore eût-il fallu que les personnes avec qui je travaillais le sachent ! répond-elle tout à trac. Je n'ai jamais dit que je devais déposer mes enfants à l'école quand je ne pouvais pas assister à une réunion calée à 8 h 30 ou 19 h 30. J'inventais un pneu crevé, un rendez-vous chez le garagiste... Toujours des occupations considérées comme masculines. »

J'admire la sagacité de Valérie, ayant été pour ma part bien moins stratégique. À la naissance de mes enfants, j'étais à l'étranger, j'avais pris un poste de professeur afin d'être plus disponible pour eux. Revenue en France, j'ai profité pendant un an du dispositif 4/5 me permettant de m'occuper d'eux le mercredi. J'ai bien senti que cette situation n'était pas propice à une progression dans l'entreprise. Pour avancer dans ma carrière, j'ai dû me résoudre à revenir au plein-temps.

Et je ne suis pas la seule. Les interruptions d'activité liées aux enfants restent beaucoup plus fréquentes pour les femmes, affirme l'INSEE. Près de 60 % mettent leur carrière professionnelle entre parenthèses pour élever leurs enfants, révèle une étude du Crédoc. Par ailleurs, les femmes ont quatre fois plus souvent recours au temps partiel que les hommes, surtout si elles ont plusieurs enfants. Près de la moitié des femmes salariées, en couple, avec au moins trois enfants à charge, travaillent à temps partiel contre seulement 7,8 % des hommes. Si la plupart des femmes travaillent quand elles n'ont pas d'enfants, un tiers abandonnent quand elles en ont trois.

Pendant ce temps-là, « plus les hommes ont des enfants, plus ils travaillent ». Et oui, paradoxalement, si les employeurs portent un regard négatif sur les femmes qui ont des enfants, c'est l'exact contraire pour les hommes. Mieux, cette paternité les valorise. Et, s'ils sont à la tête d'une famille nombreuse, on leur attribue toutes les qualités ! Quand les mères de famille nombreuses sont perçues comme accaparées, les hommes se voient dotés d'une image de fiabilité. Eux, sont les « chargés de famille ».

Dans *Le Genre du capital*, les sociologues Sybille Gollac et Céline Bessières établissent des comparaisons pointant l'accroissement des inégalités de genre quand les femmes deviennent mères : les femmes en couple avec enfants ont des carrières et des revenus inférieurs aux femmes célibataires, alors que les hommes auront une carrière plus importante s'ils sont pères de famille plutôt que célibataires. Une inégalité qui touche particulièrement les femmes des classes populaires mais qui concerne toutes les couches de la société.

Le recours au temps partiel a des retentissements importants sur le travail des femmes. 58 % des parents qui arrêtent de travailler pendant un an à la naissance de leur enfant pensent qu'il/elle retrouvera son niveau de salaire au bout de dix ans. Malheureusement, ce n'est pas le cas.

Mais les carrières des femmes ne sont pas seulement affectées par les questions de parentalité. Cinq freins ont été clairement identifiés par différentes études.

1. Le plancher gluant

« *Sticky floor* », comme l'ont labellisé les Américains, c'est ce plancher gluant qu'on nettoie le nez collé à la serpillière. Une référence aux tâches ménagères qui englobent les missions opérationnelles pesant davantage sur les femmes, soit dans le foyer soit dans le milieu professionnel. Le nez collé sur le carrelage, il est plus difficile de prendre de l'ampleur.

2. L'effet Matthieu

Il serait cruel de donner des exemples d'hommes qui, sans aucune compétence particulière, enchaînent les postes à responsabilité dans le milieu des affaires, politique ou culturel. On en connaît tous. On l'appelle « l'effet Matthieu », une formule née sous la plume du sociologue américain Robert Merton en 1968. Pourquoi Matthieu ? Une référence à une parole de cet apôtre dans l'Évangile : « À celui qui a, il sera beaucoup donné et il vivra dans l'abondance, mais à celui qui n'a rien, il sera tout pris, même ce qu'il possédait. » Les hommes partant avec une longueur d'avance, ils en sont les premiers bénéficiaires.

3. L'effet Matilda

L'effet Matilda est une mise en lumière de Margaret Rossiter sur la base des travaux de la Matilda Joslyn Gage. Dès la fin du XIXe, cette militante féministe avait remarqué qu'une minorité d'hommes avaient tendance à s'approprier la production intellectuelle des femmes. C'est une conséquence de l'effet Mathieu, un

« *mansplainning* » qui ne date pas d'hier : la chercheuse en retrouve même des traces au XIe siècle avec la médecin italienne Trotula de Salerne dont les ouvrages, fondamentaux, ont été attribués à des hommes.

4. Les Boys clubs

Le Boys club, c'est l'entre-soi. Les entreprises fonctionnent à l'image des vieux clubs anglais, ceux-là mêmes qui refusaient leur entrée aux femmes afin de pouvoir parler de choses sérieuses et de fumer leur cigare sans être dérangés. Un phénomène finalement érigé en norme : celle d'un homme de pouvoir d'un certain âge, par ailleurs blanc, à qui on confie tout naturellement des responsabilités. Pourquoi ? Parce qu'il bénéficie d'un effet de cooptation.

Loin d'être tombé en désuétude, le phénomène se retrouve, par exemple, dans la Silicon Valley. Les patrons de la tech perpétuent ce système charriant avec lui dérives abusives de pouvoir professionnel ou comportements déviants. Si les clubs californiens ont été révélés au grand jour, notamment par Emily Chang dans son livre *Brotopia*, le phénomène demeure un grand classique partout dans le monde.

5. Le tuyau percé des responsabilités

Malgré tout, certaines femmes réussissent à franchir tous ces obstacles. Mais pour obtenir quoi ? Aujourd'hui, même si elles travaillent presque autant que les hommes, la question de la prise de responsabilité reste très masculine. Arnaud Dupray et Dominique

Epiphane dans leur étude *Femmes managers en début de carrière*, publiée en 2020, révèlent qu'à parcours identiques, les femmes ont presque deux fois moins de chances d'accéder à un poste de manager que les hommes.

La chercheuse Margaret Rossiter a étudié ce phénomène à la loupe. Elle a comparé les carrières féminines à un tuyau percé. « Si vous faites entrer beaucoup d'eau dans un tuyau, et qu'il fuit sur toute sa longueur, très peu d'eau sortira à la fin du tuyau. De la même façon, si vous faites entrer de nombreuses jeunes femmes dans l'entreprise, mais qu'elles en sortent à de nombreux moments (maternité, suivi du conjoint dans une mobilité géographique, accidents de vie…), peu d'entre elles réussiront à atteindre le statut de dirigeant. Et comme ces fuites sont souterraines, éparses, difficilement repérables bien que nombreuses, tout le monde pense qu'il est bien trop fastidieux de réparer le tuyau. »

Les conséquences se font rapidement sentir. Les femmes se font de plus en plus rares à mesure qu'on s'élève dans la hiérarchie. Même si elles sont désormais plus diplômées que les hommes, 40 % seulement d'entre elles deviennent managers. Et quand elles y parviennent, elles touchent un revenu 10 % moins important que leurs homologues masculins.

Est-ce que combattre tous ces effets aurait permis à Anne d'aller plus loin dans sa carrière, comme elle le souhaitait ? À 45 ans, cette petite brune ultra-dynamique au sourire plus large que son visage commence à paniquer. Sa carrière plafonne. Le parcours pourtant exemplaire qu'elle a mené au sein de directions stratégiques et marketing, lançant des projets, dirigeant des équipes, pilotant des stratégies de changement, ne lui vaut aucune promotion. « Je vois bien que l'on apprécie mon travail, mais les évolutions qu'on me propose sont toujours transversales. Jamais vers le haut. Je finis par me dire que je n'aurais jamais un poste de direction. » Quand je lui demande si elle a déjà demandé clairement une promotion, je la vois rougir. Elle balbutie : « Non, pas vraiment. Tu sais, tous mes succès étaient surtout ceux des équipes. » Une humilité formidable, typiquement féminine selon les DRH, mais loin d'aider à l'avancée d'une carrière.

Cette disparité est sensible dès les plus bas échelons de l'entreprise et empire quand on s'élève dans la hiérarchie. Seulement 4,1 % de femmes se retrouvent à des postes de P.-D.G./DG des plus grandes sociétés (Euronext Paris). Serait-ce mieux dans la fonction publique qui emploie en majorité des femmes ? Malheureusement, non. 32 % d'entre elles ont des postes de direction. Même chose à l'hôpital, pourtant féminin à 77,6 %, et dans le monde associatif.

Une exception en France : l'audiovisuel public où l'immense majorité des P.-D.G. sont des femmes. Une performance trompeuse : les femmes ne dirigent que onze des cent plus grandes entreprises du monde de la culture…

Côté rémunérations, pas de surprise non plus. La

guerre des chiffres peut faire rage entre calcul des salaires brut, des équivalents temps plein, arguties sur la volonté des femmes de ne pas travailler plus… Le résultat est là : les écarts sont en faveur des hommes à chacune des étapes de carrière. Toutes les études le montrent.

Le fossé ne fait que s'agrandir quand les femmes progressent dans la hiérarchie. On l'a vu, elles sont moins promues et, quand elles parviennent à monter les échelons, elles sont, à tâche égale, moins bien payées que les hommes. L'écart salarial entre femmes et hommes, de 16,5 % en moyenne, se creuse et atteint 23 % pour les managers. L'ensemble de ces chiffres a un peu évolué dans la dernière décennie. Malheureusement, pas dans le bon sens…

J'en ai encore eu l'exemple concret, absurde et scandaleux, des écarts de salaire entre hommes et femmes, alors que je coachais une équipe dans une entreprise pourtant réputée très à cheval sur la parité. Je sentais bien une tension entre les deux plus jeunes recrues de l'équipe, Coralie et Bastien, 28 ans chacun. Mine de rien, j'interroge la jeune femme qui finit par me lâcher dans un soupir : « Tu comprends, Bastien est payé 20 % de plus que moi. J'ai beau tourner ça dans tous les sens, je ne vois pas pourquoi. Nous avons exactement le même parcours. Des études dans des écoles de commerce comparables, autant d'années d'expérience dans la boîte, avec des jobs à responsabilités équivalentes et nous intégrons cette nouvelle direction au même moment, sur des créations de postes. Ça me déprime, ça me démobilise. Je m'entendais bien avec Bastien, mais tout cela a fini par créer des tensions. » J'avoue n'avoir pas su cacher ma consternation. Je connais non seulement ces deux jeunes gens, mais aussi la directrice de leur unité. Il n'y a pas plus engagé dans l'égalité femmes-hommes que cette dernière. Que s'est-il donc passé ? Mes questions sont éludées d'un « Oh, tu sais, la DRH, les grilles de salaires… », avant qu'on me lâche : « En fait, Bastien vient de se marier, il sera bientôt chargé de famille. » Les bras m'en tombent ! Coralie s'est mariée il y a un an elle aussi. Mais visiblement, on ne la considère pas comme « bientôt chargée de famille ».

Inégalités de salaire, inégalités de responsabilités, inégalités croissantes malgré le niveau de diplôme et l'avancement de carrière, accès plus rare aux postes les plus rémunérés… Injuste ? Oui, et absurde. C'est même à n'y rien comprendre. Il est pourtant prouvé depuis plus de quinze ans que les entreprises aux instances de direction mixtes obtiennent des résultats très supérieurs aux autres. Même le Crédit suisse l'affirme dans une étude publiée en 2014 : « Les sociétés qui comptent le plus de femmes au sein de leur conseil d'administration ou de leurs instances de direction affichent de meilleures performances en termes de capitalisation boursière et d'évolution du montant des dividendes. »

Le Women Equity Index, créé il y a plus de dix ans par Dunya Bouhacène, a l'habitude de le rappeler : « Rien ne ressemble plus à une PME dirigée par un homme qu'une PME dirigée par une femme. À un détail près : elle surperforme, à la fois en croissance et en rentabilité. » Le Femina Index 15, conçu par Michel Ferrary, chercheur et professeur de management, a calculé qu'entre 2009 et 2019, les entreprises dirigées par des femmes réunies au sein de l'index Femina affichent une croissance sur les marchés boursiers de 240 % contre 43 % pour l'ensemble du CAC 40.

Alors ? Ces index et études apportent-ils la preuve que les femmes sont de meilleures dirigeantes ? « Il ne serait pas pertinent d'essentialiser le rapport des femmes à l'autorité ou au pouvoir, nuance Réjane Sénac, directrice de recherche au Cevipof. Il ne devrait pas être nécessaire de démontrer qu'employer des femmes, ou n'importe quelle minorité, est " rentable ". Cela revient à enfermer la minorité dans son stéréotype. »

Si on démontre un jour que les femmes dirigeantes sont un plus, on pourra démontrer le lendemain le contraire. Contentons-nous de penser que les femmes peuvent, sans préjudice, être en responsabilité et que la parité est positive pour une entreprise.

On aurait pu penser qu'en tirant sur la corde financière sensible des dirigeants, la recette du succès devenait évidente : directoires mixtes = succès et dividendes. Pourtant… Il a fallu que les députés Jean-François Copé, Marie-Jo Zimmermann, Christian Jacob et Michèle Tabarot fassent passer une loi en 2011 pour féminiser au moins les conseils d'administration et les conseils de surveillance des entreprises. Dans ce domaine, la France se retrouve désormais championne du monde de la mixité. Preuve que la volonté politique peut faire bouger les choses. En revanche, le ruissellement attendu n'est pas advenu. Il y a toujours trop peu de femmes en responsabilité dans les entreprises. Le gouvernement étudie aujourd'hui les mesures à adopter pour qu'à leur tour, comités de direction et comités exécutifs deviennent paritaires.

La question de l'égalité entre les femmes et les hommes au travail est donc loin d'être réglée. Elle ne le sera sans doute jamais tant que le modèle de carrière type sera linéaire, ininterrompu et ascendant, calqué sur celui des hommes d'il y a une ou deux générations. Les parcours professionnels des femmes ne ressemblent pas à ça. Ils sont interrompus par les grossesses, l'aide aux personnes dépendantes, alourdis par le poids du travail domestique et grevés par celui des responsabilités familiales. Rappelons qu'une famille sur cinq en France est monoparentale et qu'il s'agit dans 85 % des cas d'une femme seule avec ses enfants. Pour autant, ces interruptions ne sont pas stériles, elles sont même fécondes. C'est aussi l'occasion d'apprendre et de mettre en pratique un nombre important de compétences utiles également en entreprise.

Les femmes ne se lancent donc pas dans leur vie professionnelle dans les mêmes conditions que les hommes. Reste que ces parcours perlés, comme on les appelle joliment, sont la source d'inégalités profondes et font de la dernière partie de la vie professionnelle des femmes, entre 45 et 65 ans, un véritable parcours du combattant. Et cela se traduit en chiffres sonnants et trébuchants : l'écart salarial entre les femmes et les hommes est de 4,2 % chez les moins de 26 ans et bondit à 26,2 % après 50 ans (INSEE).

Christine Lagarde estimait récemment à cent quarante ans le temps nécessaire pour atteindre la parité dans les entreprises. Le Forum économique mondial de 2019 estimait, lui, à deux cent cinquante-sept ans le laps de temps nécessaire à un équilibre économique. D'un côté comme de l'autre, c'est un peu longuet, surtout quand on a dépassé la cinquantaine. Si la ligne des 50 ans est la même pour tout le monde, les femmes franchissent ce cap lestées d'un sacré handicap.

Anti-vieux, tu perds ton sang-froid

J'ai passé mon enfance chez mes grands-parents. Avec nous, mon arrière-grand-père, ma grand-tante et mon arrière-grand-tante qui vivait dans les souvenirs de l'Ukraine de son enfance. Une petite fille dans une maison à la Tchekhov. Je me souviens très bien de ma fascination pour les mains de ma très jeune et très belle grand-mère. Elle avait alors à peine 50 ans, était consciente de sa séduction et n'hésitait pas à en jouer. Très soignées, ses mains étaient d'une blancheur qui trahissait son exotisme de Normande exilée dans le Midi. Je me souviens lui avoir dit combien les veines bleues qui les parcouraient et les tâches légères qui la parsemaient rehaussaient leur éclat. Elle s'était récriée, m'affirmant que c'était là les traces de l'âge et que je serais bien malheureuse quand cela m'arriverait. Mais moi, qui n'avais pas encore intégré que l'âge était un péché, je trouvais ses mains bien plus intéressantes que celles toutes lisses de ma mère. Et puis, à mes yeux, cela n'avait rien à voir avec la vieillesse. La vieillesse, c'était mon arrière-grand-père qui ne se levait plus guère de son fauteuil, à 92 ans. C'était mon arrière-grand-tante, enveloppée dans ses vieilles robes noires, assise dans l'ombre du figuier, me racontant son enfance pendant qu'elle m'apprenait à jouer au dourak. Pour moi, la vieillesse c'était, et c'est toujours, les yeux creusés, les corps courbés de ceux qui ne peuvent plus marcher sans aide, et qu'on aide parfois à se nourrir. Sûrement pas ma grand-mère dont j'enviais les si jolies mains.

Le racisme anti-vieux existe et cela s'appelle l'âgisme, la discrimination selon l'âge. C'est en tout cas ainsi que l'a appelé le gérontologue Robert Butler en 1969. Est-ce parce que cet Américain né pendant la grande dépression a été élevé par ses grands-parents qu'il a su poser un œil neuf et positif sur l'âge ? Il affirme en tout cas, que sa grand-mère a su lui montrer la force et l'endurance des plus âgés.

Ce chercheur a fait de l'âge et du regard qu'on porte sur les aînés le combat de sa vie. Il fut le premier à défendre l'idée que les performances physiques et mentales d'un individu ne devaient pas être corrélées à la « façade » constituant son âge chronologique. Il considère comme anormal que des individus se voient refuser un travail, un accès à l'assurance, au crédit ou même au logement au seul motif de leur âge.

C'est en 1968, alors que la construction de logements pour personnes âgées dans un quartier de Washington se heurte à la vive opposition de tout le voisinage, que Robert Butler est frappé pour la première fois par la similitude entre ce rejet et celui dont sont victimes les Afro-Américains. Dans les deux cas, des personnes sont stigmatisées en raison de stéréotypes systématiquement négatifs. Pour décrire ce phénomène, il emploie pour la première fois le terme d'âgisme.

Dans son ouvrage au titre provoquant : *Why survive ? Being Old in America* (1975) qui recevra le prix Pulitzer, il revient sur les raisons amenant à discriminer les séniors : « L'origine est la crainte et la peur de vieillir, de devenir malade et dépendant, et d'approcher de la mort, [alors qu']aucun de nous ne sait si nous avons déjà vécu les meilleures années de notre vie, ou si elles sont encore à venir. » Il va jusqu'à qualifier l'âgisme de « maladie psychosociale ».

En 2021, l'OMS a mené une enquête dans 57 pays, et confirmé qu'une personne sur deux a des attitudes modérément ou fortement âgistes. Des préjugés qui transparaissent dans toute la société et sont véhiculés dans le débat public par les médias, le cinéma, les séries ou les réseaux sociaux.

Les conséquences sont terribles. D'abord dans la société, qui exclut une tranche de la population de toute activité (emploi, financement de prêts, travail non rémunéré), mais aussi – on l'a vu pendant la crise du Covid – dans les secteurs de la santé et des services sociaux : l'âge est devenu un critère de sélection d'accès aux soins ou d'isolement. Une enquête menée en 2020 a ainsi montré que, dans 85 % des cas, l'âge avait servi à déterminer les bénéficiaires de certains actes médicaux ou traitements.

Pire encore, cet ostracisme a des retentissements psychologiques, comportementaux et physiologiques sur les personnes qui en sont victimes. Encore plus de stress, une mauvaise perception d'eux-mêmes (je suis vieux et inutile), entraînant une moindre envie de prendre soin de soi, parfois même un refus de se faire soigner ou de prendre les médicaments prescrits.

Une étude menée en 2000 par l'Organisation mondiale de la santé chiffre à 63 milliards de dollars les dépenses de santé spécifiquement liées à l'âgisme chaque année.

Régulièrement, les organisations internationales, les gouvernements, les ministères de la santé, des solidarités etc. appellent à combattre ce fléau. Rien n'y fait. Pourtant, comme le soulignait Butler, la question va devenir de plus en plus incontournable.

Mais après tout, quand est-ce qu'on est vieux ? Quand Robert Butler parle d'âge, il pense à des individus de plus de 65 ans. Pour l'Institute for Health Metrics and Evaluation (IHME) qui a mené l'enquête sur les coûts de santé liés à l'âgisme aux États Unis, il est question d'individus de 60 ans. Aujourd'hui, en étudiant le phénomène dans la sphère du travail, on constate qu'on est vieux de plus en plus tôt. Surtout en France, un des pays les plus âgistes du monde. Alors quand est-on réellement vieux? En Ehpad lorsqu'on emploie le terme de sénior pour les résidents? La RATP propose des cartes de réduction à partir de 65 ans. L'Administration et la SNCF placent la barre moins haut: à 60 ans, année où on se réjouit de premières allocations vieillesse et de réductions dans le train. Les mutuelles, elles, adaptent leurs forfaits à la séniorité à partir de 55 ans. En marketing, comme l'indique en creux la fameuse catégorie des « ménagères de moins de 50 ans », c'est en atteignant leur demi-siècle que les consommateurs sont considérés comme des séniors, ce qui dans leur langage signifie « périmé ». Mais le grand gagnant est… le ministère du Travail français, et les entreprises de notre beau pays, qui nous catégorisent séniors à… 45 ans.

L'âge pivot d'entrée dans la séniorité est si vague qu'il ne facilite pas les études. Cependant, la situation est claire. Résumée dans un tweet lapidaire de Marlène Schiappa, qui n'était pas encore ministre en 2015, toujours d'actualité : « Après 50 ans, on ne t'embauche plus, mais le Medef veut que tu partes à la retraite à 67 ans… Pendant dix-sept ans, tu fais quoi ? »

Même son de cloche quelques années plus tard, en novembre 2018, dans *Le Figaro*, qui titre : « L'âge est la première crainte de discrimination dans l'entreprise », puis dans *Le Monde*, en mars 2021, dans un éditorial intitulé : « Emploi : le gâchis des départs des plus de

50 ans ». Et la tendance s'est encore accentuée avec la crise du Covid-19. Les débats houleux sur la réforme des retraites en 2023 n'ont pas réglé le problème.

La faiblesse du taux d'emploi des séniors en France est en passe de devenir un marronnier. Les spécialistes du recrutement le confirment, qu'ils soient employeurs, DRH, employés de Pôle Emploi ou chasseurs de têtes. « Les plus de 45 ans sont parmi les plus durs à " caser ", malgré des CV souvent riches de compétences et d'expériences. »

Observation confirmée par le ministère du Travail : l'âgisme est bel et bien une discrimination au travail plus importante encore que le sexisme, l'origine non française et le handicap.

Pour preuve, les deux tiers des ruptures de contrat provoqués en 2020 par des plans sociaux concernaient des séniors. Quelques que soient les contours chiffrés de la séniorité, plusieurs principes forts émergent. Les séniors de 55 à 65 ans ne sont que 51 % à travailler tandis que les 25-54 ans sont 80 %. Un chiffre bien plus faible que dans le reste de l'Union européenne.

Une enquête de l'Observatoire des discriminations, datant de 2006, rapporte qu'un candidat âgé de 48 à 50 ans à trois fois moins de chance d'obtenir un entretien d'embauche qu'un candidat plus jeune. Et dès 45 ans, les risques d'être écarté de l'entreprise croissent de façon considérable.

L'enfer est pavé de bonnes intentions. Les pouvoirs publics ne sont pas idiots, ils ont bien vu le problème. Et ne cessent de demander aux entreprises de prendre des mesures pour protéger leurs salariés les plus âgés : formations, entretiens de carrière…

C'est parce qu'il est conscient du choc qui va tomber sur les salariés à leur cinquantième anniversaire, que le ministère du Travail impose aux entreprises de les préparer à cette deuxième partie de carrière et à la difficulté de son parcours. Résultat paradoxal, on fait comprendre aux salariés que l'entreprise n'aime pas les gens âgés, par conséquent, on s'en sépare avant même qu'ils ne le soient, mais on les avertit en amont… dès 45 ans ! Au fur et à mesure, un mouvement de dépréciation des quadragénaires dont on envisage déjà la fin de carrière semble s'être enclenché. Leur départ étant déjà en ligne de mire, pourquoi, dès lors, les former, les promouvoir, adapter les postes de travail et les mettre en avant ?

Si on déplie un peu le mécanisme, vingt ans après avoir commencé à travailler, au moment où vous êtes en pleine possession de vos moyens, riche d'une vraie expérience et encore complètement dans la vie active, on vous coupe les pattes au prétexte que dans vingt ans, « il va falloir partir, Madame… c'est terminé ».

Jusqu'au 1er février 2023, les chômeurs de plus de 55 ans bénéficiaient de trente-six mois d'allocation. Un avantage que les entreprises ne se privaient pas de mettre en avant lorsqu'il était question de se séparer d'un collaborateur. Ce dernier était rassuré, à juste titre. La perspective de trois années sans angoisse de fins de mois paraît amplement suffisante pour retrouver du travail. En ayant bénéficié moi-même, je peux témoigner du soulagement qu'elle procure... Désormais, c'est vingt-sept mois. Un peu court, d'autant qu'aucun parcours spécifique d'accompagnement n'est proposé pour surmonter l'énorme difficulté qui consiste à retrouver un emploi lorsqu'on est sénior.

L'âgisme est une telle discrimination qu'il est interdit par la loi, passible de cinq ans d'emprisonnement et de 75 000 euros d'amende. Pour autant, il reste très difficile à prouver. Céline s'en est rendu compte au début de l'année 2022. Quand son supérieur hiérarchique a quitté l'entreprise, elle a spontanément proposé sa candidature pour lui succéder. Quinze ans d'expérience, des références impeccables, de beaux succès à son actif, tout semblait légitimer sa demande. Quelle ne fut pas sa stupéfaction – et son indignation –, quand son manager a refusé sa candidature arguant de... son âge ! À 53 ans, Céline n'avait pas pensé une seconde à cette éventualité et a alors suggéré d'en parler à la direction des ressources humaines de l'entreprise. Se rendant compte trop tard de son erreur et que, outre leur inélégance, ses propos étaient passibles de poursuites, le manager s'est rétracté. Après l'avoir menacée pour qu'elle ne mentionne pas ses dires au DRH, il a finalement préféré monter un dossier contre elle et la faire passer pour incompétente. Résultat, non seulement Céline n'est pas promue, mais elle va se faire licencier. L'ensemble de l'entreprise a bien compris le message et les collaborateurs, passé un certain âge, se garderont désormais de faire part de leurs désirs d'évolution professionnelle.

David Guillouet, avocat en droit social, le confirme : « Vous ne verrez jamais un DRH ou un manager dire qu'il licencie ou n'embauche pas quelqu'un parce qu'il est trop vieux. La sortie de l'emploi des salariés âgés obéit à un mécanisme plus insidieux. Il va être question de salaire trop élevé, de compétences surdimensionnées ou d'une trop grande rigidité au regard des évolutions du poste. Par ailleurs, on s'aperçoit que lorsqu'une personne souhaite faire reconnaître judiciairement une discrimination liée à l'âge, il est quasiment impossible de le prouver. »

Les lignes commencent à bouger, notamment dans les pays anglo-saxons. La discrimination des plus de 50 ans y est désormais si aiguë que spécialistes et chefs d'entreprise commencent à tirer la sonnette d'alarme. En France, certains pointent désormais le problème, comme Sophie Bellon dans son rapport rédigé avec Olivier Mériaux et Jean-Manuel Soussan, remis au gouvernement en 2020. En effet, en éliminant tous les anciens des organigrammes, c'est à la fois la mémoire de l'entreprise, son ADN, son expérience et tout un vivier de compétences qui disparaît. La récente réforme des retraites a mis un coup de projecteur sur cette question et le gouvernement a ouvert la porte à des mesures plus « coercitives » pour favoriser l'emploi des séniors en entreprise. Le Medef, vent debout, ne l'entend évidemment pas de cette oreille.

Oui, j'enrage !

Chaque année, je pars randonner avec Benoît, un formidable accompagnateur. Il a ce talent de trouver des endroits merveilleux et pas trop chers. Sa gentillesse et sa capacité à créer une ambiance sympathique, en mixant des participants très différents, comptent presque autant que ses conseils. Cette fois, nous nous retrouvons dans les Pyrénées. Sur les onze participants, je n'en connais que deux. Cette garantie de rencontres nouvelles, ces individus de tous horizons et de tous milieux sociaux, de la perchwoman savoyarde à la neurochirurgienne marseillaise, est l'un des atouts de ces vacances.

C'est peut-être parce que nous sortons à peine du troisième confinement, que nous avons été privés de toute socialisation depuis trop longtemps, mais la joie de se retrouver se mêle à un besoin de dialogue et de partage. Le sujet du sexisme et de l'âgisme me semble un déclencheur parfait pour cette assemblée à majorité féminine. Chantal, graphiste belge de 45 ans, démarre au quart de tour. « C'est simple, je ne réponds plus quand on me demande mon âge au bureau. Dans mon métier, la jeunesse est valorisée. J'en ai intégré les codes, je suis habillée comme eux, je parle comme eux, donc tout va bien. Mais j'ai remarqué que, dès que quelqu'un apprend mon âge, son regard change imperceptiblement. Rien de vraiment grave, et nous continuons à bien travailler ensemble, mais je perçois à chaque fois comme quelque chose qui se serait cassé.

Comme si, tout à coup, nous ne faisions plus partie de la même bande. Après deux ou trois expériences comme celle-ci, j'ai décidé de répondre de façon très évasive quand on me demande mon âge. »

Nathalie, son amie d'enfance, avoue ne pas rencontrer ce problème. Fonctionnaire au ministère du Travail de la région de Namur, elle trouve l'administration belge très égalitaire. « Nous avons les mêmes salaires que les hommes, je continue à avoir des formations et à progresser dans ma carrière. » Elle marque une pause, songeuse. « Maintenant qu'on en parle, je réalise que beaucoup de femmes autour de moi ne demandent plus à progresser, alors que les hommes n'hésitent jamais. Pas par manque d'ambition mais plutôt parce que les femmes n'ont pas le même appétit de pouvoir. Ou qu'elles associent la prise de responsabilités au fait d'être débordées. Je passe pourtant mon temps à leur expliquer que plus de responsabilités n'implique pas de travailler davantage, mais de travailler autrement. »

Louisa, elle, est au bord des larmes quand on lui parle âge et travail. Épuisée par sa récente maternité, dans la peine profonde depuis la mort récente de son père, c'est pourtant autre chose qui l'angoisse : ne pas atteindre l'objectif professionnel qu'elle s'était fixé avant ses 40 ans. « Je ne sais même plus si ce sont mes propres objectifs ou ceux de mon entourage que je poursuis. En fait, je ne sais plus du tout ce que je veux, ce que je peux faire… »

Coralie, du haut de ses 31 ans et de son 1,75 mètre,

a elle aussi des choses à dire. « C'est la même chose pour moi, on me renvoie toujours à l'âge, comme un couperet. On me dit tout le temps qu'il faut avoir réussi sa carrière avant 30 ans et avoir des enfants. N'ayant ni l'un ni l'autre à 31 ans, je suis déjà désespérée... 50 ans, je n'imagine même pas comment ce sera, à part un renoncement total. » Je tente de la rassurer et lui rappelle qu'on peut voir nos 50 ans comme un tournant à négocier, une occasion plutôt qu'un problème insurmontable. Quand j'affirme que pour peu qu'on y prête un peu d'attention, nos 50 ans peuvent même être bien plus sereins que ses 30, je me heurte à l'incrédulité absolue de son regard.

Le lendemain, je marche en rythme avec Marie. Fine, élancée, dorée par le soleil, Marie est une de ces femmes du Nord dont le regard clair semble parfois charrier trop de silences. À 61 ans, souple et musclée, elle nous dame le pion à toutes. Quand on la complimente sur son physique, elle baisse les yeux, modeste, et répond « un cadeau de mes parents, je n'y suis pour rien. » Lors d'une pause, elle me raconte pourquoi elle avait tant besoin de faire ce break. « J'adorais mon boulot. Malgré mon bac + 7 dans l'urbanisme, j'avais pris un job de commerciale dans la promotion immobilière. C'était intense, joyeux, plein de rencontres, très vivant. Je bossais tous les week-ends, dimanche compris, mais j'adorais ça. Mon fils est adulte, il vit loin de moi, je n'avais pas d'impératifs et surtout, j'aimais vraiment mon job. Et puis un jour mon supérieur hiérarchique m'a confié une mission en oubliant de me dire qu'elle avait été également attribuée à la femme du directeur qui travaillait avec nous. Celle-ci en a pris ombrage et j'ai été le bouc émissaire. Personne ne m'a défendue, mon responsable n'a pas endossé sa responsabilité et je me suis retrouvée tellement mise en difficulté que j'en suis tombée malade. Quand je suis revenue après plusieurs semaines d'arrêt, j'ai trouvé une jeune femme installée à mon bureau. J'avais été remplacée. Ma direction m'a proposé de me garder à condition de me contenter d'un job d'exécutante et d'accepter une très grosse baisse de salaire… J'ai trouvé ça tellement injuste que j'ai pris un avocat. Je vais sans doute toucher une compensation, mais à 61 ans, je n'ai aucune chance de retrouver un emploi salarié. Je n'aurai ma retraite à taux plein qu'à 67 ans. J'ai pensé un moment devenir prof de yoga, avant de me dire qu'à mon âge, c'était un peu ridicule. Alors aujourd'hui, je fais une formation de massage ayurvédique. »

À côté de nous, Nelly, elle, s'achemine vers ses 50 ans, l'air d'une gamine avec cette fausse légèreté de breloque dorée qu'ont parfois les filles du Sud. Elle exerce en indépendante son métier de kinésithérapeute à Aubagne. Après avoir travaillé à l'hôpital, elle s'est spécialisée dans la thérapie chinoise. « Quand tu es thérapeute, le fait d'être âgée rassure tes patients. Ils ont plus facilement confiance, chantonne-t-elle avec son accent du Garlaban. Après… C'est trouver un compagnon, qui est difficile à mon âge. Des hommes, oh… il y en a. Mais je me rends compte à quel point je suis devenue exigeante avec l'âge. Plus question de me laisser embarquer dans une histoire qui ne me convient pas. »

Comme ces femmes me touchent… Curieusement, alors que nous sommes toutes ici pour pratiquer un sport, je réalise que la question de l'âge n'a pas été abordée sur le plan des capacités physiques. Sans doute parce que la marche se pratique à tout âge et impose d'être à l'écoute des capacités d'un corps toujours en évolution. La force de la jeunesse est au fond un atout superficiel qu'on apprend à délaisser au profit de l'expertise technique. De fait, c'est la doyenne du groupe qui semble avaler les kilomètres avec le plus de facilité. Non, ce qui angoisse ces femmes, ce qui les fait se sentir stigmatisées, c'est le champ du travail.

En France, la discrimination genre-âge au travail est encore un tabou. Aucune campagne de sensibilisation, aucune mesure spécifique ne sont mises en place pour lutter contre ce qui touche potentiellement une femme majeure sur deux.

Pourquoi? Sans doute parce que cette injustice avance sans faire de bruit. Officiellement, quand la population active augmente en France, la hausse de l'emploi est principalement portée par les femmes et par les 50-64 ans. De manière générale, les femmes sont moins souvent au chômage que les hommes. Formidable pourrait-on se dire, et donc : circulez, il n'y a rien à voir !

Mais derrière cet affichage positif, se cache une injustice profonde. Si on regarde plus attentivement, les femmes de plus de 50 ans sont très majoritairement en « sous-emploi ». Elles représentent même 71,7 % des salariés en temps partiel subi.

Quant à celles qui demeurent dans des parcours classiques, elles se heurtent en entreprise à un plafond de verre d'une violence absolue. Il est rarissime de voir la carrière d'une femme évoluer à partir de cet âge-là.

En résumé, la fameuse sentence « les femmes travaillent plus et gagnent moins » ne fait qu'augmenter avec l'âge. Avec une inflexion du clivage très marquée à 50 ans.

La très grande majorité des dirigeants, entrepreneurs et DRH interrogés sur le sujet refusent l'idée d'une addition des discriminations. « L'âgisme, c'est dur pour tout le monde, les hommes comme les femmes. » Il est vrai que cette discrimination a ceci d'unique qu'elle finit par concerner tout le monde. Les hommes, qui n'avaient jamais fait l'objet de discrimination lors de leur carrière, découvrent avec effarement ce que signifie être mis à l'écart. Ils sont révoltés, à raison.

Imaginez donc l'effet de cette discrimination sur une population moins considérée, moins rémunérée et moins bien employée. Car il en va des discriminations comme des problèmes : ils ne s'annulent pas, mais s'additionnent, volent en escadrille.

Aux États-Unis, l'employabilité des femmes de cet âge a fait l'objet d'une étude aussi précise qu'éloquente. Trois économistes, David Neumark, Ian Burn et Patrick Button, du National Bureau of Economic Research, ont répondu par des CV fictifs à quarante mille annonces d'emploi entre 2015 et 2017. Le résultat est sans appel : la catégorie des « femmes âgées » est systématiquement celle à laquelle les entreprises répondent le moins, quelles que soient leurs qualifications. Résultat, la majorité des femmes, selon le Conseil supérieur à l'égalité professionnelle (CSEP), est cantonnée dans des emplois dégradés, bien inférieurs à ceux qu'elles occupaient plus jeunes, afin de compléter le nombre de trimestres nécessaires pour bénéficier d'une retraite à taux plein.

Une question que Béatrice a décidé d'ignorer, quitte à ruser. Directrice pub et marketing passée par les plus grands groupes média, cette femme de 53 ans cherche un emploi. Après avoir entendu de nombreux chasseurs de têtes lui expliquer que son âge était un problème, elle candidate à la direction marketing d'une belle enseigne. Moyenne d'âge de l'équipe? 35 ans, boss compris. Qu'importe, le courant passe formidablement entre eux et elle est engagée. À la fin de l'entretien, son tout nouveau patron lui demande de laisser ses papiers d'identité afin de les transmettre à la DRH qui finalisera le processus d'embauche. Fine mouche, Béatrice prétexte ne pas les avoir sur elle. Elle les donnera plus tard directement et discrètement à l'assistante RH. « Bien sûr il savait que j'étais plus âgée que lui ; mais curieusement je n'ai pas ressenti le besoin de lui mettre ma date de naissance sous le nez ! » avoue-t-elle avec la drôle de sensation d'avoir triché.

Est-il possible de retrouver un emploi salarié sans mentir sur son âge? « Impossible pour une femme de

50 ans de retrouver le salariat si elle l'a quitté », éclate en sanglots une ancienne dirigeante d'un grand groupe français que j'interroge sur la question. Pour elle, c'est une évidence, les femmes quittant l'entreprise à 50 ans sont sûres de se retrouver dans une situation économique extrêmement précaire. Sa détresse lui fait oublier qu'elle s'adresse à une femme de 55 ans qui vient justement de quitter le monde de l'entreprise. Ses larmes me donnent le frisson. Me voici prévenue.

Poussées hors de l'entreprise, de nombreuses femmes se tournent vers l'entreprenariat. Aujourd'hui, 40 % des créateurs d'entreprises sont des femmes et 73 % d'entre elles sont encore en activité trois ans après. Un tiers est dans le conseil, un quart dans le service au ménage, un cinquième dans le commerce. Là encore, on note une surperformance puisque les entreprises créées et dirigées par des femmes affichent une rentabilité opérationnelle de 8 %, contre 5,7 % pour les hommes.

Pour autant, la France reste à la traîne en ce qui concerne l'entreprenariat au féminin, loin derrière le Canada, les États-Unis, l'Irlande, l'Angleterre…

Selon une enquête Credoc-Caisse d'épargne, un tiers des femmes ont créé leur entreprise à la suite de problèmes professionnels, comme un licenciement ou une mobilité, et 40 % déclarent l'avoir fait en réaction contre le salariat.

Mais avec quel argent crée-t-on une entreprise ? De mon côté, j'ai fait le choix d'exercer un métier qui ne demandait pas de financement. Je suis coach et psychanalyste, je consulte dans mon appartement et mon activité ne nécessite pas d'investissements particuliers, hormis de longues formations que j'ai eu la chance de pouvoir faire au fil de l'eau. L'idée que personne n'était prêt à miser sur une femme de 55 ans, divorcée et sans apport personnel, créant sa première entreprise dans un secteur déjà mûr, était bien ancrée dans mon esprit. Je n'ai même pas essayé d'enclencher quoi que ce soit. Et bien sûr, j'ai limité mon imagination et mes ambitions. Il n'était pas question pour moi d'envisager de monter un projet demandant d'engager des salariés. Il m'était tout simplement impossible d'envisager de faire autrement.

Une autolimitation assez rationnelle. Les femmes ont moins accès au capital que les hommes. Le BCG (Boston Consulting Group), un cabinet international de conseil en stratégie, et la banque HSBC se sont penchés sur l'écosystème des start-up. L'étude montre que les femmes lèvent 2,5 fois moins d'argent que les hommes… quand elles arrivent à être financées. Pas mieux aux États-Unis : Ruth Saunders, coauteure de *Female Entrepreneurs : The Secrets of Their Success*, révèle que 1 % seulement des financements va à des entreprises créées par des femmes. Selon elle, cette discrimination est liée au fait que le monde des investisseurs demeure essentiellement masculin. Par exemple, lorsqu'une femme cherche à emprunter de l'argent pour son business, elle est bien plus questionnée sur sa famille ou son conjoint. Résultat, 72 % des femmes entrepreneurs s'autofinancent, font seulement appel à leur famille, à leurs amis ou au *crowd-funding*. Une situation qui a ses limites.

La plupart des échecs de création d'entreprise sont dus au manque de financement. De nombreux dispositifs ont été mis en place pour favoriser l'entreprenariat des femmes, mais là encore, la question de l'âge résiste et demeure un frein considérable.

Si la discrimination genrée des séniors reste peu documentée en France, le Conseil supérieur de l'égalité professionnelle entre les femmes et les hommes a néanmoins produit un rapport sur la question (Les femmes séniors dans l'emploi, juin 2019). Aucun des DRH que j'ai pu rencontrer n'a fait référence à ce texte pourtant éclairant sur l'exécrable situation des femmes séniors par rapport à celle des hommes du même âge et des femmes plus jeunes.

Anne Thévenet-Abitbol, directrice prospective et nouveaux concepts de Danone, résume ces chiffres bruts en un triste constat : « Si vous n'avez pas déjà un bon poste à 45 ans, la plupart du temps il est trop tard, plus personne ne misera sur vous ! »

« Et c'est doublement frustrant, souligne Jenny Galluzzo, cofondatrice de l'association de recrutement The Second Shift. Quand la carrière d'une femme a été ralentie parce qu'elle a eu des enfants et les a élevés, puis qu'elle est enfin libérée et est à son apogée, elle est frappée par l'âgisme en plus du sexisme. »

Résultat, c'est la cata

Le CSEP le confirme : après 50 ans, la majorité des femmes sont dans l'obligation d'accepter des emplois moins bien considérés que leurs précédents postes, avec moins de responsabilités et moins de rémunération, pour arriver au nombre de trimestres nécessaires à leur retraite.

Imaginez maintenant les incidences de toutes ces embûches sur les retraites : le constat est implacable.

Aujourd'hui, les femmes perçoivent une pension de droit direct (sans parler de la réversion) moyenne inférieure de près de 40 % à celle des hommes d'après la Drees. Si on tient compte des pensions de réversion et de la majoration pour enfants, la retraite moyenne des femmes reste inférieure d'un quart à celle des hommes. Pourquoi ? À cause de tout ce que l'on a vu précédemment. Les écarts de salaires d'abord : la rémunération des femmes est inférieure de 22 % à celle des hommes. Puis les carrières perlées qui réduisent la durée de cotisation et par conséquent leur pension. Un effet ciseau parfait.

Résultat, les femmes doivent travailler plus longtemps que les hommes pour atteindre des pensions moins importantes.

C'est un sujet qui me touche de très près. J'ai travaillé dès l'âge de 15 ans. Des petits boulots, pas réglementaires, pas déclarés, comme cela se faisait beaucoup dans les années 1980. Monitrice de ski dans des colonies de vacances, gardienne de musée, vendeuse le samedi dans un magasin de vêtements près de mon école, puis un jour sur deux, lorsque j'étais à la fac. Caissière chez Prisunic pendant les vacances, etc. J'ai toujours « gagné ma vie ». Quand une opportunité de développement de carrière à Hong-Kong s'est un jour présentée à mon mari, j'ai accepté de le suivre à une seule condition : d'accord pour quitter mon job, alors que j'étais enceinte de trois mois, mais je voulais travailler. J'ai ainsi créé un magazine économique à Hong-Kong, puis été prof au Lycée français de Singapour. En local. Donc sans cotiser pour ma retraite. « Aucun problème, me disait mon mari, je compenserai. » Bim ! divorce et une juge aux affaires familiales m'annonçant que j'aurais dû y penser plus tôt. Et oui, malgré mon envie de lui arracher les yeux, elle avait sans doute raison. Soyons clair, je ne me plains pas. J'ai fait des choix. Pas forcément très avisés, mais je ne les regrette pas et j'en assume les conséquences. J'ai vite compris, et mon divorce me l'a confirmé, qu'il me faudrait travailler non seulement jusqu'à 67 ans pour toucher une retraite minimum, mais plus vraisemblablement toute ma vie si je voulais vivre décemment sans être à la charge de mes enfants. Le sachant, j'ai préparé ma reconversion vers des métiers, psychanalyste et coach, dans lesquels l'âge est un atout. Et je suis consciente d'avoir eu beaucoup de chance de pouvoir le faire. Reste que cela m'a rendue sensible à la question. Parce qu'énormément de femmes sacrifient leur carrière au profit de celle de leur mari, arrêtent de travailler ou acceptent des temps partiels pour s'occuper des enfants ou des plus vieux (quand on connaît le prix d'une nounou ou d'un Ehpad, on peut le comprendre). Toutes n'ont pas, comme moi, la possibilité de jouer les équilibristes pour tenter de retomber sur leurs pattes.

À la recherche d'éléments statistiques complémentaires, je tombe sur le site de « BNP Paribas, la retraite en clair », le sujet des inégalités est largement exposé sous le titre « Des écarts de pension sensibles qui s'expliquent par de nombreux facteurs ».

Je sursaute ! Quand les femmes perçoivent une retraite entre 28 % et 41 % inférieure à celle des hommes, l'adjectif « sensible » a-t-il encore vraiment un sens ? Cette injustice flagrante est complètement oubliée par les politiques publiques comme par les initiatives privées. Les facteurs sont pourtant connus, on les a vus : emplois précaires, temps partiels, carrières accidentées, perlées, choix de carrière orientés par les contraintes familiales, rémunérations plus faibles... et j'en passe. Les systèmes de compensation, comme la pension de réversion, qui consiste à verser la retraite d'un époux qui décède à sa ou son conjoint, en corrigent parfois les effets. Encore faut-il avoir été mariée et si, on a divorcé, ne pas se remarier. Mais d'autres les accentuent. Comme la majoration de 10 % liée à la présence de trois enfants. Bonne intention, une fois de plus, mais qui, puisqu'elle est proportionnelle au niveau de pension, bénéficie principalement... aux hommes.

La situation s'améliore lentement. Notre génération peut-elle envisager que l'écart des pensions de retraite se réduise à 30 % et surtout peut-elle s'en contenter? Le site conclut: « On peut espérer que les femmes travaillant actuellement auront de meilleures retraites que leurs mères. » Ah, s'il faut compter sur « l'espérance », alors...

Si la situation des femmes se dirigeant vers la retraite a connu une amélioration depuis les années 1970, elle s'est récemment à nouveau détériorée. La vie en union libre ou en séparation de biens, l'injonction à l'indépendance économique des femmes creusent les inégalités. L'inégalité patrimoniale entre hommes et femmes est passée de 9 % en 1998 à 16 % en 2015.

Résultat, la moitié des bénéficiaires des minima vieillesse sont des femmes seules (veuves ou divorcées). Aujourd'hui, en France, le destin de la femme de plus de 50 ans est la paupérisation et personne ne fait rien pour changer la situation.

Ah mais si! Le gouvernement réforme les retraites! Merveilleuse occasion de rectifier le tir, n'est-ce pas? Eh bien... non. Au contraire, même. Interrogé sur La chaîne parlementaire, Franck Riester, le ministre des Relations avec le Parlement, a bien été obligé de l'admettre: « Les femmes sont évidemment un peu pénalisées. [...] On n'en disconvient absolument pas. [...] On n'a jamais dit [...] que tout le monde était gagnant, on demande un effort aux Français. » Aux Françaises surtout.

Passons sur l'effet d'annonce « pension minimum » censée permettre d'éviter cette paupérisation. Ce minima est réservé aux femmes qui ont des carrières... complètes. Donc pas perlées. Donc pas caractéristiques des parcours féminins.

Passons également sur la fanfaronnade concernant l'amélioration des retraites de celles qui ont pris des congés parentaux (pris à 90 % par des femmes). Les conditions d'obtention sont si drastiques que cela concerne seulement... trois mille femmes par an.

Et quand tout cela est battu en brèche, on nous demande encore de remercier quand on « aménage » le système de la décote – qui de l'aveu même de Jean-Paul Delevoye, ex-haut-commissaire aux retraites, constitue une double peine pour les carrières incomplètes –, de façon à pouvoir prendre notre retraite avant 69 ans...

« On s'est focalisé sur les violences faites aux femmes, souligne Catherine Coutelles, ancienne députée et ex-présidente de la délégation aux droits des femmes de l'Assemblée nationale, mais on oublie les violences économiques qui sont très fortes. »

Voir ailleurs si j'y suis (pas)

Qu'en est-il dans le reste du monde ? Comment le sujet est-il traité hors de l'Hexagone ? Malheureusement, la double contrainte de l'âge et du sexisme produit, dans tous les pays qui les étudient, des effets délétères sur l'employabilité des femmes.

Aux États-Unis, la commission Equal Employment Opportunity enquête sur l'âgisme dans le travail. Elle vient de l'annoncer : si l'emploi des hommes séniors se portait mieux, on frôle la catastrophe pour les femmes. Chiffres à l'appui : des discriminations envers les hommes sont en baisse de 18 % et, dans un mouvement inverse, sont en augmentation de 15 % chez les femmes.

Aujourd'hui, les femmes de plus de 50 ans constituent la moitié des chômeurs aux Etats-Unis. Elles sont la plus large population à vivre au-dessous du seuil de pauvreté. Une situation qui n'est pas près de s'arranger selon le centre de longévité de Stanford. Celui-ci pointe une situation qui ne fait qu'empirer depuis la pandémie du Covid.

Bonnie Marcus est une des rares coachs à s'être spécialisée sur le sujet. Opérant depuis Los Angeles, cette petite blonde cachée derrière sa frange est toute fière d'avoir lancé un hashtag du nom de son combat et du titre de son livre *Not Done Yet* (« Pas encore finies »). Ce qui ne l'empêche pas de s'insurger quand je l'interviewe par Zoom. « La discrimination est telle qu'on se demande bien ce que les femmes de plus de 50 ans et même de plus de 45 ans peuvent faire pour combattre la diminution de leurs responsabilités, leur visibilité décroissante et l'angoisse d'être dégagées. »

La Grande-Bretagne, elle, est assez en pointe sur le sujet. Le pays s'est passionné récemment pour une troublante énigme : la mystérieuse disparition des femmes médecins du Royaume-Uni. La BMA (British

Medical Association) a en effet découvert que neuf hôpitaux anglais sur dix souffraient d'un important manque de personnel. Jugeant que la vie même des patients était en jeu, la BMA a décidé de mener l'enquête.

Très vite, il apparaît que les médecins manquants sont des femmes expérimentées. Il n'y en a plus dans les couloirs de l'hôpital. Mais où sont-elles passées ? L'enquête montre alors qu'elles ont réduit leur nombre d'heures, claqué la porte et démissionné ou pris leur retraite de façon anticipée. Mais pourquoi ? Interloquée, la BMA lance une vaste consultation auprès de plus de trois mille femmes médecins en Angleterre afin de connaître les raisons de leur colère. Le résultat ne se fait pas attendre : la majorité d'entre elles assume avoir fui cabinets médicaux et hôpitaux après avoir été la cible de discriminations liées au genre-âge. Moquées, dévalorisées, ces femmes, en dépit de leur dévouement et de leur passion pour leur métier, ont choisi la seule issue possible : la fuite.

Aujourd'hui, l'Américain David Neumark avance que la discrimination de l'âge atteint les femmes dès leurs 40 ans. Même son de cloche chez l'anglaise Lynda Gratton. Coauteure de *The 100 Year Life : Living and Work in an Age of Longevity*, docteur en psychologie de l'Université de Liverpool, docteur en sciences de gestion et professeur à la London Business School, elle connaît bien le sujet. Et affirme : « Le problème surgit dans chaque étude. À partir de 40 ans, les employeurs n'envisagent plus d'accorder ni promotion ni formation aux femmes. » Et le magazine *Forbes* qui l'interviewe, de confirmer : non seulement les femmes sont remerciées plus tôt que les hommes, mais il leur devient ensuite beaucoup plus difficile de retrouver un emploi.

Pour Lynda Gratton, « l'âgisme est bien pire que le sexisme pour les femmes ». Elle pointe en Angleterre, comme ailleurs, une culture organisationnelle favorisant ou privilégiant les jeunes censés incarner le « renouvellement » et la « renaissance ». Pour elle, le monde du travail est conditionné par les préjugés, conscients ou non. Et, si elle reconnaît que l'âgisme pèse sur les deux sexes, elle n'en démord pas : les femmes sont les premières victimes. Et ce de plus en plus tôt, dès leurs 40 ans donc au Royaume-Uni. Les plaintes pour discrimination fondée sur l'âge devant les tribunaux du travail anglais sont d'ailleurs passées de 972 en 2006-2007 à près de 4000 en 2008-2009. Même chose en Australie, en Belgique, aux États-Unis…

Un phénomène confirmé par les sociologues Liam Foster et Alan Walker qui ont étudié les taux d'emploi des séniors (55-64 ans) dans toute l'Europe. Le résultat est le même : oui, c'est dur pour tout le monde mais surtout pour les femmes. En Estonie et en Lituanie, la différence de revenus entre hommes et femmes de cet âge-là atteint même les 50 %. Si l'écart est moindre dans les autres pays, il se fait toujours en défaveur des femmes, que ce soit en Espagne, en Grèce, en Irlande. Une surprise, vraiment ?

L'espoir viendrait-il d'Asie ? La Chine, en raison de

la politique de l'enfant unique menée de 1979 à 2015, s'apprête à connaître un véritable effondrement démographique. Est-ce une des raisons pour lesquelles Xi Jing Ping serre les rênes avec tellement de fermeté et encourage autant l'expansion de la Chine hors de ses frontières ? Qu'il laisse désormais le Covid étêter la pyramide des âges ? Pour l'instant, le constat est là : en Chine, on compte de moins en moins d'enfants et de plus en plus de personnes âgées. L'angoisse de ne pouvoir payer les retraites risque de faire voler en éclat les valeurs traditionnelles prônant le respect de l'âge. Quant au sexisme, même si l'image de la Dragon Lady, l'implacable *business-woman* aux commandes d'entreprises internationales, n'est pas seulement une fiction, un simple coup d'œil à la photo de l'assemblée du Parti communiste nuance le postulat de parité. S'il est habituel de citer ces femmes dragons ou Taïtaï comme des exemples d'entrepreneuses, on oublie un peu vite qu'elles sont peu nombreuses. Et on leur accole systématiquement l'image de femmes manipulatrices, sournoises, impérieuses et sans pitié, à l'image de l'impératrice Tseu-Hi ou de l'épouse sanglante de Mao, Jiang Qing. En termes de « rôle modèle », on a déjà fait mieux.

En Inde, le pays de Narendra Modi n'est plus celui d'Indira Ghandi. Les *Bombay Begums*, héroïnes de la formidable série éponyme, qui nous plongeaient dans le quotidien de femmes fortes, actives, créatrices de leur entreprise et de leur destin, relèvent surtout de la fiction…

Loin d'être découragée et mue par l'idée que des solutions avaient bien dû être trouvées quelque part, je finis par éplucher les enquêtes finlandaises. Première bonne nouvelle ! Le pays a mis au point une échelle permettant de mesurer les discriminations envers les séniors au travail. C'est la NADS ou Nordic Age Discrimination Scale. Elle contient six entrées : promotion, formation, développement, évaluation, augmentations et association aux projets de conduite du changement. Leurs scores ne sont pas si mauvais.

Mais, quand je vais plus loin, mon enthousiasme retombe. Les résultats montrent que cette Finlande, qui détient le record européen des femmes à la tête d'entreprises (39 %), cette Finlande où les femmes sont présentes à tous les niveaux de la société et rémunérées strictement comme les hommes, cette Finlande qui cartonne sur l'échelle du NADS, eh bien, cette Finlande... écarte, comme les autres, les femmes des responsabilités dès qu'elles prennent de l'âge. Les conseils d'administration paritaires y font figure d'exception à la tête d'entreprises cotées. Pas mieux en Suède. Ce pays, pourtant considéré comme celui où on vieillit le mieux au monde, rechigne par exemple à avoir des femmes de plus de 30 ans à l'antenne des chaînes de télévision. La chercheuse Maria Edström en 2018 a même repéré dans les médias des exemples pas très glorieux de représentations stéréotypées de femmes, comme « esclaves de la beauté », « esclaves de la mode », « exécutives » et « déesses de l'amour » !

Le genre-âge n'est donc pas une discrimination

gauloise. Même si la France est dans le peloton de tête des mauvais élèves, nous sommes en face d'une problématique de discrimination intersectionnelle, universelle et bien verrouillée.

Vieilles, sales et méchantes

Comment en sommes-nous arrivés là? Pourquoi, après nous avoir dit être trop jeunes jusqu'à 30 ans, reproché de vouloir ou d'avoir des enfants jusqu'à 40 ans, nous empêche-t-on de travailler et de progresser dès 45 ans? Que nous reproche-t-on? Selon mes toutes dernières observations, nous ne nous promenons plus sur des balais ni ne crachons des crapauds. Alors quoi?

L'association Force Femme mène depuis plus de quinze ans un travail formidable pour la réinsertion des femmes de plus de 45 ans sur le marché du travail. Elle a demandé aux cabinets de recrutement français et à leurs clients pourquoi engager des femmes de cet âge-là les embarrassait. Les réponses sont claires: 37 % pensent que ces femmes ne s'adaptent pas bien aux changements, et surtout pas aux nouvelles technologies, 21 % qu'elles manquent de dynamisme et 78 % que leur apparence laisse à désirer! 23 % avancent qu'il ne leur reste pas assez de temps à travailler dans l'entreprise… pourquoi alors investir sur elles?

Effondrée par ces résultats, je reste bloquée, incrédule, devant le dernier point et repasse un coup de fil à Isabelle afin d'avoir son avis de DRH sur ces chiffres. « Pas assez de temps dans l'entreprise ? Tu es sûre ? répond-elle avant de se reprendre : Disons que c'est une réponse politiquement correcte. L'âge de la retraite ne cesse d'être repoussé. À 45 ans, on n'est même pas à la moitié de sa carrière. » En *off*, un autre DRH de grand groupe industriel suggère que le problème est plutôt inverse. Ces femmes risquent de rester très, très longtemps dans l'entreprise. « On ne peut pas forcer quelqu'un à prendre sa retraite avant 70 ans, et moi, je n'ai pas très envie d'avoir une armée de vieillardes dans ma boîte. »

Sympa... Et faux problème encore : avec les récentes lois Macron, il est moins cher de se séparer de quelqu'un au bout de deux ans que de l'engager en CDD et de payer des primes de précarité. Mais non, tout est bon pour justifier le fait de ne pas embaucher ou de ne pas faire évoluer une femme en deuxième partie de carrière.

Trop chères donc, pas assez modernes, déconnectées du monde numérique et dotées d'une allure vieillotte.

Trop chères ? 92 % des femmes qui cherchent un emploi à 45 ans sont prêtes à faire des concessions et 55 % à baisser leur salaire. Sujet suivant.

Laisse à désirer

La question de la modernité et de l'image vaut en revanche qu'on s'y arrête.

Je ne suis pas aussi convaincue que les recruteurs ou les dirigeants de médias qu'il soit obligatoire d'être jeune pour être moderne. Pour autant, être au fait des dernières évolutions sociétales ou techniques demande de rester ouvert à la nouveauté et de se former. Après tout, au nom de quoi la génération qui a inventé Internet serait-elle incapable d'en comprendre les évolutions ?

Après avoir dirigé un célèbre média en ligne, Anne est, à 59 ans, une serial entrepreneuse et *business angel* de start-up. Lui viendrait-il à l'idée d'engager une femme de plus de 45 ans ? Elle accepte de répondre à mes questions un dimanche soir par Zoom. L'écran nous renvoie l'image d'une femme blonde et fine, coiffée à la hâte et visiblement débordée. Son regard parcourt l'écran de façon précise et déterminée. Et, tandis qu'elle répond à mes questions, elle travaille en même temps sur plusieurs dossiers.

« J'ai bien essayé d'employer des femmes de plus de 50 ans ! s'exclame-t-elle. Ayant autour de moi pas mal d'amies confrontées à des licenciements à cet âge-là, je suis sensibilisée sur le sujet. La situation est injuste et je me suis toujours dit que, lorsque j'en aurai l'occasion, j'engagerai des femmes de 50 ans. Mais ça n'a pas été si simple… D'abord, il y avait la question des salaires. Je crée des start-up et je ne pouvais pas m'aligner sur des salaires de dirigeantes de grandes entreprises. Deux femmes ont néanmoins accepté une rémunération plus basse et j'ai pu les intégrer à mes équipes. Autre problème, dans une start-up, la moyenne d'âge est de 30-35 ans. Tout va très vite. La façon de travailler et les modes de communication sont très éloignés de ce qui se faisait dans leurs anciennes entreprises. Et puis, les sujets digitaux sur lesquels nous travaillons leur sont assez étrangers.

« Si je suis honnête, pour toutes ces raisons, ça ne s'est pas très bien passé. Elles n'ont pas réussi à adopter de nouvelles façons de travailler et sont restées prisonnières de leurs anciens réflexes. Il y a une vraie question de mise à jour de compétences : aujourd'hui, vendre une campagne digitale nécessite des compétences programmatiques et d'être à l'aise avec certains sujets techniques. Contrairement à l'idée qu'elles s'en faisaient, leur large réseau, leur solide expérience étaient insuffisants. L'une d'elles a d'ailleurs eu l'intelligence de le percevoir et a préféré profiter d'une opportunité pour retourner dans un média traditionnel. Je ne l'ai pas compris tout de suite, mais je crois qu'elle a eu raison. »

Anne conclut : « À votre avis, quand j'ai besoin d'une dircom pour promouvoir un média jeune sur internet, dois-je prendre une femme de 50 ans qui peaufine ses communiqués de presse ou bien une gamine qui connaît TikTok par cœur et me coûte dix fois moins cher. Dites-moi franchement, j'engage qui ? »

Oui, forcément, si on ne forme plus les gens après 45 ans…

Cette question d'agilité et de modernité pourrait être résolue par la formation continue. Mais en France les plus de 50 ans sont moins formés que leurs cadets, surtout les femmes. Même si l'allongement de la vie professionnelle fait évoluer les chiffres depuis le début des années 2000, les taux d'accès à la formation fléchissent drastiquement après 55 ans.

Est-ce l'entreprise qui ne veut plus investir sur nous ou est-ce nous qui ne voulons plus investir sur nous-mêmes ?

Christine Fournier, économiste chargée d'études au Céreq (Centre d'études et de recherches sur les qualifications), penche pour la réticence des entreprises à investir sur des salariés proches de la retraite. Il pèse sur ces derniers un gros doute : seront-ils capables de faire face au changement quand ils avancent en âge ? Pour la Direction de l'animation de la recherche et des études statistiques (DARES) du ministère du Travail, le problème est la recherche d'un retour sur investissement de la part des entreprises, mais aussi la persistance de stéréotypes liés à l'âge parfois portés par les salariés eux-mêmes : résistance au changement, manque de flexibilité, lenteur d'apprentissage, manque de motivation, absence de perspective professionnelle ou salariale.

La Fédération nationale des centres d'information sur les droits des femmes et des familles s'est penchée plus précisément sur la question des femmes. Elle a également identifié des freins spécifiques. Les femmes assimilent plus facilement la formation professionnelle à un retour sur les bancs de l'école et sont persuadées que leurs diplômes obtenus trente ans plus tôt sont obsolètes. Elles ont peur de ne plus savoir ou de ne plus pouvoir apprendre. Enfin, elles sont encore plus sceptiques que les hommes quant aux retombées réelles d'une formation sur la fin d'une carrière.

Ce qui est arrivé à Kirsten, directrice artistique dans un grand groupe, fait froid dans le dos. À 40 ans, cette jeune femme décide de donner un nouvel élan à sa carrière. L'entreprise ne souhaitant pas miser sur son développement, elle emprunte elle-même à la banque pour faire un MBA dans une grande école de commerce parisienne. La voie est toute tracée : son diplôme en poche, elle changera d'entreprise. Mais au même moment son mari la quitte. S'enclenche une procédure qui, elle le sent tout de suite, sera longue et difficile. Plus question de prendre le risque de quitter son travail. Mais rien n'est perdu : son entreprise allait peut-être trouver un intérêt aux nouvelles compétences managériales de Kirsten ? Que nenni… Kirsten a dû retourner à son ancien poste et poser un mouchoir sur son MBA. Avec en prime, un sentiment de gâchis et une frustration qui ruinera la suite de sa carrière professionnelle.

La question de la modernité passe aussi par l'image. 78 % des recruteurs avouaient, lors de la dernière enquête de Force Femmes, que l'apparence des femmes de plus de 50 ans était selon eux un frein à leur employabilité. Qu'elles « laissaient à désirer ».

Dans une récente étude du site de recrutement Monster UK, 70 % des recruteurs indiquent que la façon dont la candidate est maquillée impacte fortement la première impression. Ridicule ? Peut-être. De nombreux chercheurs américains ont étudié le temps nécessaire à un employeur pour se forger leur première impression d'un candidat. Les chercheurs du Harvard Study of Communication avançaient sept secondes en 2017 contre vingt en 2000. Aujourd'hui, les psychologues de Princeton, Janine Willis et Alexander Todorov, affirment que l'affaire est pliée en un dixième de seconde. Et tous disent la même chose, les questions posées par la suite n'ont qu'une fonction : renforcer cette première impression. Alors évidemment, si vous paraissez l'âge que vous avez pris soin de ne pas préciser sur votre CV…

C'est ce dont se moque Yael Hedaya dans sa série autobiographique « Hamishim, 50 ». Alona, son héroïne de 49 ans, se heurte au poids de l'âge quand elle explore à la fois le marché du travail et celui des relations amoureuses. Dans une scène d'anthologie, elle explique posément à son inspecteur des impôts que oui, l'achat de ses soutiens-gorge *push up* fait partie de ses frais professionnels « Comprenez-moi, je dois vendre ma série à des producteurs. Maintenant, si j'enlève mon soutien-gorge, j'ai les seins qui tombent. Vous achèteriez une série à une femme dont les seins tombent ? » Et l'inspecteur des impôts de se rendre à l'évidence et de confirmer : l'accessoire de lingerie, à son âge, est bien une nécessité professionnelle.

Ce qui est vrai pour le recrutement l'est également pour le rôle que les femmes occuperont dans l'entreprise. Passé un certain âge, fini les mises en avant. Parce que non seulement l'âge les stigmatise, mais il semble contagieux, susceptible de contaminer l'ensemble de l'entreprise qui aurait la mauvaise idée de se faire représenter par une quinquagénaire.

Emmanuelle a eu cette impression. L'*executive woman* de 55 ans à l'allure angélique a mené une brillante carrière dans la beauté et le luxe à l'international, piloté des équipes aux quatre coins du monde, défini et déployé des stratégies commerciales sur des marchés clés pour le nec plus ultra des marques françaises. Comme moi, elle a reçu – et vécu comme un choc – la fameuse lettre de seconde partie de carrière. Mais elle a bien intégré le message : « J'étais porte-parole d'une marque de très grand luxe et soudain je ne me suis plus sentie en phase. L'image que je renvoyais sur scène lors des présentations, n'était plus assez jeune, plus assez moderne, plus assez appétissante. J'ai fini par quitter l'entreprise. »

Contactée à ce sujet, une directrice d'agence de pub me répond « À partir de 50 ans, c'est dur pour tout le monde, pour les hommes comme pour les femmes. » Pourtant au fil de la réflexion, elle se reprend : « C'est vrai que pour les femmes il y a ce sujet de l'apparence physique. » Elle se remémore alors les présentations préparées avec ses équipes pour convaincre de nouveaux clients et remporter de nouveaux budgets publicitaires. « En fait, c'est effrayant, oui… Je n'y avais pas réfléchi mais je m'en rends compte tout à coup : il me paraît impossible d'aller en présentation avec des plus de 45-50 ans. Particulièrement dans le cadre de compétitions portant sur des sujets digitaux. Les clients veulent voir des jeunes. Alors, c'est vrai, je fais travailler les jeunes et je les envoie en présentation. Après je réintègre les séniors pour leur intelligence et leur métier. » Maligne, elle a trouvé un moyen de contourner les diktats… mais aussi de les alimenter.

À la sortie de ce rendez-vous, je m'engouffre dans le métro. Un panneau publicitaire affiche la une d'un magazine féminin barrée d'un « Rajeunir : rester séduisante et compétitive ». Je me souviens alors d'une anecdote un peu honteuse racontée par Sophie. Dans les années 1990, son travail l'amenait souvent aux États-Unis. En habituée des vols transatlantiques Air France, elle avait intégré le standard des hôtesses de longs courriers à l'allure impeccable. En empruntant un avion d'une compagnie américaine, elle est soudain frappée par l'apparence physique des hôtesses qui ne ressemblaient plus tout à fait à la charmante Natacha de la bande dessinée. Plus âgées, elles ne s'empêchaient pas d'être aguicheuses avec les passagers, majoritairement des hommes blancs de 45-60 ans. « Elles se conduisaient comme de vieilles prostituées de western ! » À ses yeux, l'attitude de ces hôtesses dégradait considérablement l'image de la compagnie aérienne. Pour les voyages suivants, elle avait donné une consigne claire à son assistante : « S'il te plaît, évite-moi cette compagnie, la nourriture est infâme et les hôtesses ont 112 ans. »

Aujourd'hui, Sophie est plus âgée que ne l'étaient ces hôtesses. Elle revendique la fin des multiples injonctions faites aux femmes. Et pourtant, elle m'avoue rester bloquée sur les stéréotypes de beauté et de jeunesse qu'induit ce métier. La dépréciation du corps des femmes mûres n'est donc pas que le fait des hommes. Loin de là…

23 janvier 2023, 7 heures du matin. J'écoute France Inter en prenant mon premier thé de la journée. Nicolas Demorand et Léa Salamé reçoivent Sylvie Pierre-Brossolette, présidente du Haut Conseil à l'égalité entre les femmes et les hommes (HCE), et Anne-Cécile Mailfert, présidente de la Fondation des femmes. Elles viennent présenter les conclusions du rapport annuel 2023 sur l'état des lieux du sexisme en France. Scoop : la situation est consternante. « Néanmoins, on comprend que les femmes prennent enfin conscience de ce qu'elles vivent. Elles commencent à réaliser que certains comportements sont du sexisme », explique Anne-Cécile Mailfert. Je suis d'accord avec elle et ronronne de cette indignation confortable de petit déjeuner. Coupure pub. « Crème anti-rides nouvelle génération ! Les toutes dernières découvertes scientifiques. Mise au point avec des brevets des laboratoires de Harvard, LA solution pour COMBATTRE l'âge, ÉLIMINER les rides, VAINCRE le temps qui passe, RÉSISTER à la DESTRUCTION de la barrière de la peau et enfin CORRIGER les marqueurs de

l'âge. Conçue pour vous les femmes : RÉAGISSEZ ! » Je manque d'en faire tomber ma théière. Le lexique employé est d'une violence inouïe, celui employé pour une guerre. L'âge est l'ennemi absolu des femmes. Même les chercheurs d'Harvard sont convoqués ! L'ont-ils été pour contrer Poutine ? On ne sait pas. Mais pour combattre l'âge des femmes, oui, ils sont bien là ! Retour sur le plateau, les intervenants enchaînent et dénoncent les violences symboliques dont sont victimes les femmes, comme si de rien n'était. Aucune référence à ce que l'on vient d'entendre ! L'injonction contradictoire est à peine croyable.

Les changements du corps ne sont pourtant pas tous épouvantables ! Personnellement, je suis enchantée d'avoir un peu plus de poitrine et plus aucun problème de peau. Allez savoir pourquoi, mes cheveux sont devenus plus épais : je peux enfin les avoir vraiment longs, ce que je n'aurais jamais imaginé. Pour le reste… ma foi. À 50 ans et plus, nous savons ce qui nous va, ce qui nous plaît, ce qui nous réussit. Nous avons passé nos vies à devoir corriger ceci ou cela, à nous tenir plus droites, à être plus minces, à masquer nos défauts dans l'illusion d'une perfection de papier glacé. Est-ce qu'il ne serait pas temps de nous en émanciper ? Mais non. D'un côté on nous intime de nous libérer, de l'autre on nous matraque de messages bien étudiés qui font de l'âge notre plus grand ennemi.

36 rue René Boulanger
75010 Paris
07 77 07 18 48

unlivreunetassedethe@gmail.com

Lundi 12h00 - 19h30
Mardi 10h30 - 19h30
Mercredi 10h30 - 19h30
Jeudi 10h30 - 19h30
Vendredi 10h30 - 19h30
Samedi 10h30 - 19h30
Dimanche 12h00 - 19h30

UN LIVRE

et une tasse de thé

librairie féministe

ACTION !

Elle cherche à régler le volume de son portable pour notre entretien par Zoom, et la caméra, trop proche de son visage, n'arrive même pas à être cruelle. La comédienne, chanteuse, auteure Helena Noguerra est une sorte d'apparition lumineuse. Ses lourdes lunettes à montures sombres, très à la mode, lui mangent le visage, et soulignent, par contraste, la finesse de ses traits et la clarté de son teint. Derrière elle, je devine un environnement truffé de photos, de livres, de couleurs qui s'accorde bien avec la dernière chanson d'Angèle que l'on perçoit en fond sonore. Je jette un coup d'œil à mes notes, me demandant si je ne me suis pas trompée. Non, c'est bien ça : Helena a 52 ans.

La discussion démarre facilement, comme si nous nous connaissions depuis toujours. Nous parlons de son spectacle, diffusé sur le Web pendant le confinement et j'en viens rapidement à lui demander pourquoi elle a voulu travailler sur la question du vieillissement.

« Helena, quand on vous voit, on ne peut qu'être frappé par le décalage entre l'image d'une femme de 50 ans et celle que vous renvoyez.

— Pourtant, je déteste entendre que je ne fais pas mon âge. Ces années, je les ai gagnées, elles sont à moi. Et pour être honnête, cette petite provocation qui consiste à ne pas être coquette sur son âge ne me déplaît pas.

— *Vieillir ne vous pose pas de problème ?*

— Je ne dirais pas que vieillir me fait plaisir tout le temps. Parfois je m'angoisse pour des choses esthétiques somme toute assez superficielles : le cou qui tombe un peu, le ventre moins plat. J'en suis sans doute plus consciente que d'autres à cause de mon métier qui me demande de répondre à un regard extérieur, notamment masculin. Pourtant, au fond, cela ne m'effraie pas trop. Parce que si une forme de jeunesse s'éteint, beaucoup de nouvelles forces émergent.

— *Vous les avez identifiées, ces nouvelles forces ?*

— L'expérience et le respect notamment. Quand le désir s'extrait du regard qu'ont certains hommes, ça déleste quand même de pas mal de choses. Si on ne pleure pas sur la perte de son pouvoir sexué, on peut se réjouir de l'autorité qu'on gagne. Les relations femme-homme deviennent plus équilibrées et plus intenses. Notre pouvoir est plus complet. Sans renoncer à la séduction, nous ne sommes plus réduites à l'apparence. La confiance en soi en est même renforcée.

— *Cela veut dire qu'on ne peut pas être et avoir été ?*

— Regretter le passé ne sert à rien. Ni se comparer à ce que l'on a été. Pensons plutôt à ce que nous allons être ! Nous sommes très fraîches par rapport à ce qui vient. À 80 ans, je regarderai sans doute mes 50 ans en me trouvant encore très jeune.

« J'ai appris l'importance de se détacher de ce que l'on a été quand, à 22 ans, on m'a fait comprendre que j'étais trop vieille pour continuer à faire mon métier de mannequin. J'ai alors dû me réinventer. C'est comme ça que je suis devenue comédienne, et je n'ai pas perdu au change ! De la même façon qu'un footballeur ne peut pas jouer toute sa vie, nous les femmes, devons-nous renouveler avec les années. Nous devons demander d'autres rôles, réaliser nos propres films ou monter nos propres pièces de théâtre, comme *La Reine de la piste*, dans laquelle je raconte mes trente ans de carrière.

— Physiquement aussi, nous devons accepter de changer ?

— Chacune doit pouvoir faire ce qu'elle veut. Certaines de mes amies laissent leurs cheveux blancs, ne prennent pas d'hormones… Elles se moquent de mon allure juvénile qui leur donne l'impression de ne pas être si naturelle que ça. C'est une question que l'on ne pose pas aux hommes, ils vieillissent aussi pourtant. Et pas aussi bien qu'on veut bien nous le faire croire. À bien les regarder, ils ne sont pas si charmants : ils perdent leurs cheveux, ils ont un gros ventre, deviennent un peu gras. Eux aussi sont affectés par des changements hormonaux.

— *Aujourd'hui, vous êtes heureuse dans votre âge ?*

— J'ai la même énergie qu'à mes 16 ans. J'avais alors envie de conquérir ce monde que je ne connaissais pas et qui me paraissait très grand. Je n'avais jamais peur et c'était ma force. Aujourd'hui, c'est la même chose. Je ne connais pas le monde de mes 50 ans. Je vais donc partir à sa conquête et imposer la femme que je suis devenue. 50 ans, c'est l'adolescence de la vieillesse. Nous nous détachons de la femme de 35 ans que nous avons été et commençons à dessiner la dame que nous serons à 70. Moi, je la vois déjà cette dame et elle est géniale ! Elle fume, va dans les bars, met des belles robes, prend la parole. Elle s'impose.

— *Refuser d'avoir peur et se projeter, c'est un message à faire passer aux plus jeunes ?*

— À 50 ans, on nous demande d'arrêter de nous projeter, alors qu'il faut faire exactement l'inverse. À nous d'endosser quelque chose de plus volontaire. De ne pas accepter d'être mises à l'écart. Subir entraîne souffrance et subordination. Plutôt que de raser les murs, acceptons le changement et imposons cette nouvelle femme. Et oui, c'est aussi un message pour les plus jeunes. Ces jeunes femmes qui se sont « levées et se sont cassées », qui nous ont facilité la vie en libérant la parole avec #MeToo, à mon tour, je veux les rassurer. Être la doyenne, la femme d'expérience que les jeunes femmes regardent vieillir sans peur et sans plainte mais avec force, est un rôle qui me plaît bien.

— *Croyez-vous que les choses vont bouger ?*

— Individuellement, nous avançons plus vite que

la société et c'est normal. Nous ouvrons le chemin. Il y a un combat à mener, faisons en sorte qu'il soit joyeux. C'est un honneur d'être une de ces amazones de 50 ans sexy, jolies, drôles, fortes, qui font bouger les choses ! Nous devons montrer comme il est magnifique d'être une femme à tout âge. »

La force de notre âge

Aujourd'hui, les femmes de 50 ans ont de l'énergie et de l'expérience. Elles se sentent bien dans leurs jeans, leurs baskets ou leurs talons aiguilles. Allégées de contraintes familiales, elles ont une plus grande disponibilité. C'est justement le moment pour les entreprises de s'appuyer sur leur maturité et leur adaptabilité. La force de leur âge ne ressemble plus à celle de Simone de Beauvoir.

Il y a quinze mille milliards de raisons de nous aimer. C'est un fait peu connu, et qui semble être splendidement ignoré par les régies pub de la télévision française : les femmes de plus de 50 ans sont aujourd'hui un des plus puissants moteurs de l'économie. Selon l'américaine Karen Vogel, elles contrôlent 95 % des dépenses de leurs foyers (source : *The Women's Congress ; She-conomy*). Est-ce parce que les « *empty-nesters* » comme les appellent joliment les études marketing américaines ont besoin de remplir le nid déserté par les enfants ? Peut-être. Aux aguets de la démographie, les marketeurs américains ont enquêté sur cette portion de la population méconnue mais à l'ampleur croissante. Ils se sont rendu compte que les femmes de plus de 50 ans sont connectées, indépendantes, et n'hésitent pas à dire ce qu'elles pensent. Elles se lancent des défis, se réinventent. Fidèles aux marques qui leur plaisent, elles restent pourtant ouvertes à la nouveauté. *Fun fact*, ce sont les femmes de plus de 55 ans qui dépensent le plus d'argent en jeux vidéo, devant les hommes de 15 à 24 ans (source : Ford Motor Company and Trendwatching.com study, 2013) !

Les femmes achètent pour elles, leur conjoint, leurs amis, leurs parents, leurs enfants, leurs petits-enfants. Elles apparaissent aussi comme la portion de population la plus généreuse. Une notion dont le marketing s'enivre quand il le traduit par « transgénérationnelle et prescriptrice ».

Plus généralement, les femmes de plus de 50 ans déboursent, en moyenne, 250 % de ce que le reste de la population dépense (source : DMN3).

Pourquoi ? Parce qu'elles le peuvent.

80 % de la richesse mondiale est détenue par leurs parents âgés et leur reviendra (spécifiquement, car elles vivent plus longtemps) dans les deux prochaines décennies.

À 50 ans, on entre dans le temps du rattrapage. Quand les poids des crédits immobiliers et des études des enfants sont enfin réglés, que les parents meurent, quand surviennent les héritages alors que les perspectives du futur diminuent, l'envie de consommer est là, croyez-moi. C'est le temps des voyages au bout du monde, de la voiture de sport, des cosmétiques les plus raffinés ou des vêtements de luxe.

Le magazine *Forbes* fait miroiter les quinze mille milliards (15 trillions, l'écrire en anglais me permet de mieux réaliser l'énormité de la chose) de pouvoir d'achat concentrés dans les mains des femmes de plus de 50 ans, et, fin observateur (un poil avide), leur décerne désormais la couronne de « *super consumers* ».

Peu à peu, les marques le comprennent et adaptent leur stratégie. C'est déjà le cas du fournisseur de lignes téléphoniques ATT ou de fabricants de voiture. On peut espérer que leurs publicités contribueront à l'émergence d'une nouvelle image, celle de la femme moderne, libre, puissante et assumant son âge. Ce serait une manière de changer enfin le regard de la société.

Mais pour que ce changement s'effectue pleinement, des actions sont à mettre en place. Au niveau sociétal, politique, économique et individuel, afin d'accompagner le monde du travail à mieux considérer les femmes de 50 ans. Et que celles-ci puissent porter un regard à la fois plus doux et plus stimulant sur leur Nouvel Âge.

L'éléphant dans la pièce

Pour combattre un problème, il faut déjà le regarder en face et le nommer. La mise à l'écart des femmes dans la deuxième partie de leur vie est tellement ancrée qu'elle en devient invisible, normale, acceptable. C'est « l'éléphant dans la pièce », la célèbre métaphore dans le roman de Dostoïevski *Les Possédés* : son personnage, Belinskysi, est si concentré sur les détails qu'il n'arrive pas à voir ce qui paraît flagrant. L'éléphant est si énorme, incongru, mal foutu, embarrassant, que personne ne souhaite ni le voir ni en parler. C'est ainsi que se mettent en place toute une série de codes de conduite implicites, de répression psychologique ou sociale, d'évitements : motus et bouche cousue, parlons d'autre chose…

Nous ne pouvons plus nous contenter de dire : « Le problème n'existe pas. » Il nous faut comprendre que nos préjugés contre le genre-âge, les nôtres comme ceux des autres, empêchent énormément de femmes d'accéder à des opportunités.

Le nommer donc. Avec des mots clairs. Parce que la fameuse phrase de Boileau – « Ce qui se conçoit bien s'énonce clairement, et les mots pour le dire arrivent aisément » – peut s'inverser. Comme cela tombe bien ! Le français permet une traduction extrêmement explicite du terme utilisé par les Anglo-Saxons, le *gender-ageism* : le genre-âge. Une contraction qui charrie une colère claire, à la hauteur de l'injustice subie par les femmes de plus de 50 ans et leur mise à l'écart inévitable.

Une fois le genre-âge nommé, examinons ce que votre cerveau associe automatiquement à la notion de femme de 50 ans. Examinons les mots que nous lui associons et comparons-les à ceux utilisés pour décrire une femme de 25 ans ? Est-ce plus positif pour l'aînée ou pour la cadette ?

Examinons les modèles que nous avons en tête. Les quinquagénaires que vous allez citer spontanément sont-elles des sorcières ou plutôt des femmes affichant fièrement quinze ans de moins ?

Un examen de nos préjugés peut donc s'avérer inconfortable. Christine en a fait les frais le jour où elle a cherché à pourvoir le poste de chargé de partenariat pour l'organisme dont elle s'occupe. « Je me suis rendu compte que j'ai mis à l'écart, spontanément, tous les CV de femmes de plus de 35 ans. »

Effarée par ses propres automatismes, elle analyse : « J'étais pressée, j'ai présupposé que les femmes plus âgées demanderaient des salaires trop importants ou qu'elles seraient surqualifiées pour le poste. Bref, j'ai agi par automatismes, avec tous ces stéréotypes bien ancrés dans mon esprit. Et si nous n'avions pas parlé ensemble de ce sujet, je suis certaine que je ne m'en serais pas aperçue. »

En l'absence de questionnement spécifique, et alors qu'il lui fallait être efficace, les préjugés de Christine ont pris le pas sur sa réflexion. Plutôt que de la blâmer, mesurons l'efficacité d'avoir le sujet à l'esprit. L'histoire ne dit pas si Christine recrutera une femme de plus de 50 ans, mais elle est en tout cas consciente du sujet et a repris tous les CV, reconsidéré toutes les candidatures.

Verna Myers, vice-présidente de Netflix, en charge des questions d'inclusion, ne dit rien d'autre : « Traquons les préjugés que chacun peut porter sans même s'en rendre compte. Regardez le problème, affrontez-le. De qui vous sentez-vous proche ? Qui vous effraye ? Qui ne voyez-vous pas ? » Pourtant, lorsque je contacte la direction de la communication de la plateforme au sujet du genre-âge, la responsable balayera le sujet comme n'étant pas prioritaire.

Regardons attentivement les femmes de 50 ans. Le problème est-il leur âge ou bien l'idée que nous nous en faisons ? Curieuse de l'image que les jeunes se font de nous, je me suis glissée un après-midi d'été venteux, en Bretagne, à la table d'une joyeuse bande. Il y a là Louise, Paul, Marine, Alexis, Éric et Corentin. Ils sont avocate, graphiste, charcutière et élève en stylisme, tatoueur, apprenti cuisinier et *start-upper*.

« Si je vous dis "femme de 50 ans", vous pensez à quoi ? »

La réponse fuse, instantanée : « Une mal baisée ! »

Tous s'esclaffent, mais personne n'ose me regarder. Le ton est donné. Voyant que je ne m'offusque pas, la conversation s'engage. Je leur demande s'ils travaillent avec des femmes de cet âge-là.

« On a eu quelques profs, oui et des maîtres de stage. Dans le boulot, je dirais que l'image que j'ai de ces femmes, c'est qu'elles sont dures.

— Comme si elles en avaient bavé et qu'il n'était

pas question de rendre les choses plus faciles pour ceux qui suivent…

— En vrai, ce sont des femmes-hommes. Elles portent des costumes. Limite si elles n'ont pas de cravate.

— Des daronnes tu veux dire !… »

Un peu à l'écart, Corentin est resté silencieux. Lui, c'est le serial start-upper de la bande. À 25 ans, il en est à sa troisième entreprise. Après la « *food* », il a décidé d'investir dans les vinyles. Il n'a pas encore gagné d'argent avec ses entreprises mais il aime la dynamique de monter un projet à partir d'une idée, m'explique-t-il. Je lui demande s'il pourrait engager une femme de cet âge-là.

« Je préfère travailler avec des femmes, donc pourquoi pas. Mais il y a quand même des domaines où les compétences que l'on recherche sont mieux maîtrisées par notre génération, comme le marketing digital par exemple. Vous maîtrisez bien Insta et TikTok, vous ?

— Pas si mal en fait, contrairement à ce que tu as l'air de penser. Dans quel domaine pourrais-tu les employer ?

— Les finances peut-être, ou les RH. Mais je n'en suis pas encore au stade où j'ai besoin de RH », sourit-il.

Dans le bar, une playlist déroule les derniers hits de rap français. Tout à coup, Paul souligne d'un geste les paroles qui viennent d'être scandées. Et tous de reprendre la scansion : « Oh, les Gisèle, ce n'est pas la peine qu'on les aborde. Elles ont plus peur de la quarantaine que de la mort. »

« Vous voyez, me glisse Éric, il est bien possible que vous ayez raison. Que le vieillissement soit quelque chose qu'on ne pardonne pas aux femmes. Il semblerait même qu'elles soient les premières à le redouter. Et Luidji (le rappeur que l'on entend) est plus radical que vous puisqu'il place carrément la barre à la quarantaine… »

Recalibrer le regard, ça n'est pas rien. Verna Myers, très engagée dans la lutte contre le racisme, a mis au point un système pour « reprogrammer les esprits » et atténuer les stéréotypes qui les contraignent. Sa technique est simple, adaptons-la à notre sujet. D'abord, faire l'inventaire de ses relations. Connait-on des femmes de plus de 50 ans ? À quoi ressemblent-elles ? Correspondent-elles vraiment aux stéréotypes ?

Rappelez-vous de la fille d'Isabelle qui lui disait « Non mais toi et tes copines, vous n'êtes pas comme ça ! »

Prenons l'exemple d'un jeune homme. Si sa seule interaction avec une femme de plus de 50 ans est celle qu'il entretient avec sa mère (« Va ranger ta chambre ») ou avec sa professeure (« Vous avez encore zéro »), il est certain que sa relation avec les femmes de cet âge sera biaisée. Mais s'il fait l'effort de regarder autour de lui, il découvrira sûrement des quinquagénaires avec qui il peut discuter. J'ai, pour ma part, un bon copain plus jeune que mes enfants, que je considère comme un véritable ami. Avec lui nous parlons de tout et je sais à quel point nous nous enrichissons mutuellement.

Certains n'arrivent pas à avoir un lien amical avec des femmes plus âgées. Il serait intéressant de savoir ce qui les en empêche. Est-ce tout simplement l'image qu'ils ont d'elles ?

Je me souviendrai longtemps de la réaction de Jade, la fille d'une de mes amies, qui m'avait évidemment catégorisée comme « vieille » puisque je suis encore plus âgée que sa mère. Elle est un jour tombée de sa chaise quand elle s'est rendu compte que nous partagions la même admiration pour un jeune photographe transgenre.

« Ah bon, tu connais ? »

— Oui, et je peux te le présenter si tu veux. »

De vieille dame sans intérêt et donc invisible, j'étais tout à coup devenue quelqu'un d'utile. Pas de mystère, en intégrant des gens différents de soi dans ses relations, on gagne en expérience et donc en ressource.

Transposons l'exercice (très comportementaliste) que Verna Myers propose pour reprogrammer les esprits face aux biais racistes : pensons à des hommes ou à des femmes jeunes que nous détestons franchement. Puis à des femmes de plus de 50 ans admirables. D'un côté Harvey Weinstein, de l'autre la journaliste écrivaine Florence Aubenas par exemple. Juxtaposons leurs visages. Vers qui, dès lors, allons-nous nous tourner ?

Cet exercice ne changera pas le monde, mais, comme le dit Verna Myers, il permet de « générer de nouvelles associations automatiques ».

Pourquoi alors ne pas imaginer de nouveaux stéréotypes pour contrebalancer ceux qui nous stigmatisent ?

La chef

Toujours impeccable dans son tailleur, elle a souvent troqué ses talons hauts pour des chaussures plates. Sans renier sa féminité, l'heure n'est plus à la mettre en avant. Elle utilise plutôt ses qualités d'écoute, son aptitude à considérer le problème dans sa globalité et sa capacité à prendre du recul. Sachant être ferme, elle a un sens de l'équilibre et de la justice. Son énergie est intacte parce qu'elle sait ne plus se disperser. À l'image d'une Christine Lagarde ou d'une Nadège, cette cheffe d'équipe de femmes de ménage des ferrys dans le film d'Emmanuel Carrère, *Ouistreham*. Précise dans ses consignes, fixant des limites fermes mais acceptables, elle est aussi celle qui a toujours un œil sur les plus faibles et a les gestes pour les aider. Son sens du collectif lui confère une autorité dépourvue d'autoritarisme.

La confidente

« J'ai un problème, tu fais quoi ce soir, j'aurais besoin de te parler. » La confidente, c'est celle vers qui se tournent ses amies plus jeunes. Celle qui sait se rendre disponible quand il y a un gros chagrin d'amour. Elle écoute et elle a le mot juste pour apaiser. Elle recueille les confidences, comprend et prend très au sérieux le désarroi de ceux qui viennent la voir. Elle ne nous envoie pas balader quand nous lui confions pour la millième fois notre désespoir, et surtout, elle ne nous juge pas. Avec elle, un secret peut-être à la fois partagé et bien gardé.

La sage

Son expérience de la vie est un creuset dans lequel elle trouve toujours une solution. Non seulement elle écoute, mais elle sait orienter notre regard, notre pensée, dans une direction à laquelle nous n'avions pas pensé. Elle ne materne pas mais autonomise. Elle fait grandir. Pas étonnant que tant de femmes orientent leur parcours professionnel au mitan de leur vie vers les métiers de coach, conseil ou aidante. Les femmes de 50 ans sont des recours.

L'épanouie

Le khôl qui borde ses yeux souligne parfois ses rides, mais elle s'en fiche un peu. Elle a compris que séduction ne rime pas avec perfection. Sa vie n'a pas toujours été des plus simples mais elle n'en est que plus sereine et plus forte. Elle a pris ses distances avec les injonctions qui pèsent sur les femmes et s'est libérée des « il faut », pour aller vers ce qu'elle aime vraiment, comme cette petite robe aperçue dans une vitrine et dont elle sait déjà qu'elle lui ira parfaitement. C'est vrai pour l'apparence, pour le travail comme pour l'amour. Sa cinquantaine bien entamée, elle aime, travaille, s'enthousiasme, goûte le temps présent. Vieillir ne l'angoisse plus. De toute façon, ce n'est pas pour tout de suite.

L'aventurière

Elle a du temps, de l'expérience et beaucoup, beaucoup d'énergie et pas encore l'âme d'une mamie gâteau. Elle s'est affranchie du travail salarié et a lancé sa boîte. Elle se lance sans cesse de nouveaux défis et rentre à peine de son premier stage de surf. Ses nouveaux collègues sont bien plus jeunes qu'elle. Avec eux, elle partage une certaine liberté : ne pas être dans le tunnel de la vie familiale. Ils prolongent souvent les journées de travail en terrasse en discutant sans fin de l'état du monde et des révolutions en cours. Elle a bien connu le monde virtuel de « *Second Life* » et a un temps d'avance pour appréhender le métavers. *Last but not least*, le départ de son mari lui a fait le cadeau d'une vie amoureuse renouvelée et souvent joyeuse.

⁂

Toutes ces femmes inspirantes, audacieuses, fonceuses, dont le parcours ne cède rien aux exemples masculins, revendiquent leur réussite et ne cachent pas leur âge. Toutes peuvent devenir des références positives.

L'infectiologue Karine Lacombe, Ilham Khadri, dirigeante de Solvay, Delphine Ernotte, patronne de France Télévision, Christine Lagarde, présidente de la Banque centrale européenne, Özlem Türeci, cofondatrice de BioNTech, Amandine Aubert, présidente d'Ecogreen Energy… Toutes ces femmes ont été distinguées par le Women Equity établissant chaque année le classement des femmes chefs d'entreprise les plus performantes. Elles ont non seulement conduit les entreprises qu'elles dirigent au succès, mais selon cette institution, elles sont exceptionnelles dans leur façon de « jouer le jeu de l'intérêt général, d'accélérer la digitalisation de leur activité, de positionner concrètement la transition énergétique dans leurs plans stratégiques et de poser la question de leur responsabilité d'entreprise ». Sans essentialiser, poussons nos pions. Mettons en avant les femmes de plus de 50 ans.

Si l'émergence d'un nouvel âge est propre à notre génération, certaines femmes plus émancipées, plus fortes, ont montré le chemin d'un accomplissement grandissant avec les années. L'idée est de rééquilibrer le regard dès l'école, de remettre les pendules de l'Histoire à l'heure, et surtout au bon âge. Les rôles modèles se trouvent dans les livres de classe, pour peu qu'on se penche sur la question. Qui sont Dorine ou Toinette chez Molière ? Les servantes du *Malade imaginaire* et de *Tartuffe* ne sont pas nées de la dernière pluie. Leur connaissance de l'âme humaine, leur habileté à exprimer leur point de vue dans un contexte social qui ne les favorise pourtant pas, leur force et leur indépendance d'esprit ne sont pas celles d'une jeune fille inexpérimentée.

Soulignons que Ninon de Lenclos, cette femme de lettres à qui Molière a demandé de corriger son *Tartuffe*, a ouvert son salon d'intellectuels à 40 ans bien tassés (et entretenait encore deux liaisons à 77 ans). Élisabeth Vigée-Lebrun, la plus célèbre portraitiste du

XVIIIe siècle, a vu sa vie prendre un tournant de plus en plus aventureux au fur et à mesure des années. Que dire de George Sand, de Colette, que l'âge n'a empêchées ni d'aimer ni de travailler. De Mistinguett, d'Adrienne Bolland, l'hirondelle devenue héroïne de la résistance puis de la cause des femmes, de Mae West, sex-symbol à plus de 40 ans, de Louise Bourgeois dont la consécration à 70 ans ne l'empêchera pas de travailler encore et encore… Plus proches de nous, Oprah Winfrey, Simone Veil, Christine Lagarde, Élisabeth Badinter… Toutes ces héroïnes du réel, dont ni le genre ni l'âge ne sont un frein à l'action et la pensée, sont autant de modèles à mettre en avant pour modifier le regard sur les femmes de plus de 50 ans.

Enfin, traquons les petits préjugés du quotidien. Ces petites blagues « pas graves », ces petites moqueries qui transmettent les préjugés. « Mal baisées », disait Paul. Faux ! La proportion de femmes âgées très satisfaites de leur vie sexuelle dépasse désormais celle des hommes, notent Christiane Delbès et Joëlle Gaymu dans *La Vie sexuelle des séniors*. 90 % d'entre elles jugent même leur vie sexuelle très satisfaisante, aurais-je pu répondre à ce jeune homme…

À l'aide de ces informations, essayons de contrer les stéréotypes même si nous avons grandi avec eux. S'ils nous permettent de penser le monde plus rapidement, ceux qui sont aujourd'hui à notre disposition nous aveuglent. Inventons-en de nouveaux.

Cannes 2021. Sur le tapis rouge, Jodie Foster, Catherine Deneuve, Sophie Marceau, Andie

McDowell sont éblouissantes. Au même moment, aux États Unis, les actrices de plus de 50 ans décident de ne plus se laisser faire. Pour elles, pas question de se résigner : « place aux super-pouvoirs », nous apprend *Madame Figaro*. 2021 a vu aussi Frances McDormand décrocher son troisième oscar à 64 ans pour son rôle dans *Nomadland* de Chloé Zhao, Salma Hayek et Rachel Weisz sont devenues des super-héroïnes. Hollywood montrerait-il la voie à un cinéma moins sexiste ? Peut-être, mais attention : si une évolution vers plus d'inclusion se dessine, c'est aussi parce que ces femmes ont pris les manettes. Oprah Winfrey, Nicole Kidman, Cate Blanchett, Jennifer Aniston ou Jennifer Lopez ont monté leur propre maison de production. Et, c'est leur singularité, elles n'hésitent pas à centrer leurs fictions sur les femmes de leur âge. Martha Lauzen, créatrice du Center for the Study of Women in Television and Film, le confirme : « Soutenir des projets produits, réalisés et écrits par des femmes et pour les femmes de 50 ans et plus, fait déjà la différence. » Ce qui, par ailleurs, ne manque pas de bon sens quand on mesure le public potentiel.

Ces actrices ne se contentent plus d'être les (beaux) arbres qui cachent la forêt, elles agissent. De top-modèles, elles sont devenues rôle-modèles. Dans leur sillage, ne pourrait-on pas anticiper, se prendre en main et ne plus subir ?

Ressources (non) humaines

« Pour combattre le genre-âge, confirme Cynthia Barnes, fondatrice de la très puissante association féministe américaine Women in Sales, il faut attirer l'attention sur la situation dans les entreprises. Personne ne va chercher une solution à un problème qu'il ne connaît pas ou dont il ne sait même pas l'existence. Les entreprises le feront encore moins. Si les entreprises modernes veulent être réellement inclusives, elles doivent mettre à jour leurs politiques de diversité en y ajoutant la question de l'âge. Et décider que l'âge des femmes ne doit pas être pris en compte lors de promotions. »

Bibiane Godefroid est encore présidente de Newen, la filiale fiction de TF1, quand je la rencontre. À 68 ans, cette femme de média a une carrière exemplaire. En permanence à l'écoute de la société, cette rousse flamboyante n'a jamais perdu ses goûts populaires et a su en tirer le meilleur, sur le service public comme dans le privé.

« *Comment vivez-vous votre âge dans une industrie de média ?*

— D'abord, je suis à la tête d'une société très jeune, ce qui est la règle pour une entreprise créative. La moyenne est de 41 ans. Je suis largement la plus vieille et nous avons peu de femmes de plus de 45 ans. Des hommes oui, mais des femmes quasiment pas. Alors que pourtant, je n'ai jamais entendu dire d'une femme qu'elle était trop vieille.

« Les seuls endroits où l'on trouve des femmes de plus de 50 ans, ce sont les conseils d'administration. Depuis que la loi impose des quotas, chaque conseil cherche des femmes à nommer et au vu des responsabilités et de l'expérience requise, la plupart ont plus de 45 ans.

— *Vous êtes une des rares femmes qui dirigent un média. Comment expliquez-vous cela ?*

— Des femmes patronnes, il n'y en a pratiquement pas, je suis quasiment la seule. Dans la télé, il y en a moins qu'avant. Quand j'ai commencé, il y avait Pascale Breugnot, Marie-France Brière et Dominique Cantien. Il y avait plein de femmes dans les postes à responsabilités. Pas au niveau DG et Présidence, mais patronnes de programmes dont les audiences se comptaient en millions de téléspectateurs. Ce temps-là est passé, il n'y a pratiquement plus de femmes dans la télé.

— *Quelles en sont les raisons ?*

— C'est partiellement du fait des femmes elles-mêmes. Mais c'est en train de changer. Les Cantien, les Breugnot qui sont un peu plus âgées que moi, ont ouvert la voie, dans la foulée de 1968 et des mouvements de libération des femmes. Nous en avons profité sans nous poser de questions. On fonçait. On ne se posait pas la question de comment on allait faire avec nos enfants. On devait y arriver. Je n'ai jamais dit : « J'ai un enfant malade, j'arrive en retard. » Jamais. Aujourd'hui, nombre de mes jeunes collaborateurs refusent une réunion à 8 h 30 le matin parce qu'ils accompagnent leurs enfants à l'école. (Elle s'arrête un instant.) En fait, les hommes le disent. Je ne suis pas certaine que ce soit le cas des femmes. Il y a eu une évolution au fil du temps. Cela me rappelle le très beau discours de Simone Harari au Media Club Elles, où elle évoquait notre génération de femmes qui voulait agir comme les hommes. Nous allions jusqu'à porter des costumes comme les hommes. Il y a même eu cette mode de la cravate portée par les femmes dans les années 1980. (Je souris en notant que Bibiane est aujourd'hui habillée d'un tailleur-pantalon et d'un chemisier lavallière à cravate.) Nous nous comportions comme des hommes, jusqu'à manager comme des hommes. Ce qui est dommage, car il me semble qu'hommes et femmes ont des qualités managériales distinctes, qui s'équilibrent.

— *Quelles sont ces qualités de management spécifiques aux femmes ?*

— Je pense que nous sommes beaucoup plus dans la conviction, la recherche d'adhésion et beaucoup moins dans l'autorité. L'autorité exercée par une femme bascule vite dans l'autoritarisme. Je sais ce que je veux et j'arrive le plus souvent à mes objectifs mais je sais prendre le temps pour cela. Et puis, de façon générale, je constate que nous assumons les positions de direction avec davantage de collectif, moins d'ego.

« Ce qui a changé récemment, c'est qu'alors que nous voulions nous faire une place, les femmes veulent désormais être elles-mêmes. Pour la première fois, elles ont leurs exigences. Grâce à l'engagement et aux combats de certaines, beaucoup d'avantages ont été accordés aux femmes : temps partiel, congé maternité allongé. Ces avantages sont légitimes. Il faut tout permettre et chacun choisit ensuite ce qui l'arrange. Mais certaines se sont laissé piéger par ces avantages. Certaines ont vu leur mère travailler sans cesse, parfois aux dépens de leur vie familiale et ont choisi de vivre différemment. J'ai deux filles : l'une est un peu comme moi, l'autre intermittente du spectacle ce qui lui permet de gérer au mieux sa vie privée. Elle aime beaucoup son métier, mais sa vie personnelle est sa priorité.

— *Vous est-il arrivé de nommer une femme à un poste parce qu'elle était justement une femme ?*

— C'est arrivé récemment. Je voulais absolument une femme à un poste de direction. À une exception près, les femmes que j'ai interviewées ont toutes eu la même réaction : " C'est trop gros pour moi. "

— *Qu'y a-t-il derrière ce " c'est trop gros pour moi " ?*

— Avant d'être à la tête de Newen, j'ai refusé des postes de présidente parce que je ne voulais pas être numéro 1. Je me sens formidablement bien à la place de numéro 2. Aujourd'hui, je suis présidente, mais j'aurais été tout aussi satisfaite en numéro 2. Je me souviens d'un article dans *Le Nouvel Observateur* qui expliquait très bien cela, et qui est très vrai dans mon cas : les femmes exercent le pouvoir uniquement quand elles y ont été autorisées. Bien souvent par un homme. Dans ma carrière, j'ai eu un mentor et mon père m'a toujours autorisé à prendre des responsabilités. (Je souris... La psychanalyste que je suis ne peut que repérer la mission du père dans la permission.)

— *Dans un métier où la jeunesse prime, recrute-t-on des femmes de plus de 45-50 ans ?*

— L'expérience est aussi valorisée dans nos métiers. Nous avons récemment recruté une directrice de production de 55 ans, chassée par deux autres boîtes de production, pour son expérience. Son enjeu est désormais de former des jeunes.

« Les femmes qui sont aujourd'hui dans les conseils d'administration ont toutes largement plus de 45-50 ans. C'est vrai, si je regarde mon comité de direction, je ne suis pas à 50-50. Beaucoup de maisons continuent à féminiser leur comex *via* la communication et les RH. Mais il faudrait aussi des directions opérationnelles tenues par des femmes. Ici, ma DGA a 37 ans et tout le potentiel pour devenir P.-D.G. De ce niveau-là, elle est la seule. Dans les postes éditoriaux et créatifs, qui ne sont pas représentés au comité de direction, la proportion augmente encore. Nous avons ainsi une très large majorité de productrices et rédactrices en chef. Pour le patron des contenus, je voulais une femme mais je n'en ai pas trouvé. Mon actionnaire me poussait aussi à mettre une femme, mais si elle n'existe pas, on ne peut pas l'inventer.

« Mais pour en revenir à votre sujet, force est de constater que dans notre entreprise il y a peu de femmes de plus de 45 ans. Comme je ne me suis jamais séparée d'aucune, c'est donc qu'elles sont parties. C'est comme si elles devenaient invisibles et qu'elles s'évaporaient. On peut comprendre que les femmes quittent l'entreprise pour avoir des enfants, mais après ? Je ne me l'explique pas.

— *Le fait que les femmes disparaissent empêche la construction de rôles modèles pour les plus jeunes. Qu'en pensez-vous ?*

— La notion de rôle modèle m'a longtemps été assez étrangère. Mes modèles ont la plupart du temps été des hommes. Même si au début de ma carrière, quand je voulais devenir journaliste, les exemples qui me guidaient étaient ceux de deux écrivaines. Pourtant, quand je réfléchissais à qui je voulais vraiment être, je m'inspirais des hommes. Ce n'est que lorsque l'on m'a proposé de faire du *mentoring* que j'ai réalisé l'importance pour les femmes de rencontrer une femme qui avait réussi, et il n'y en avait pas tant que ça.

— *"La femme responsable des achats de moins de 50 ans" n'est-il pas, au regard de la démographie et de l'évolution de la société, un concept absurde et anachronique ?*

— Oui, c'est absurde. J'ai eu ce genre d'échanges avec les responsables des antennes de TF1. Ils arguent que c'est à la demande des annonceurs. Or, y compris à TF1, tous auraient intérêt à élargir leur cible. C'est intéressant de voir que les GAFA, plates-formes Netflix et autres deviennent de plus en plus *mainstream*. Certes, ils gardent les programmes pour les jeunes adultes qui ont fait leur spécificité, mais ont compris que les plus de 50 ans sont de gros consommateurs de plates-formes. Aujourd'hui c'est vrai que ce sont les grands-parents qui ont de l'argent et qui arbitrent sur un grand nombre d'achats de biens de consommation. En Allemagne ils ont depuis une dizaine d'années repoussé l'âge de la femme responsable des achats à plus de 60 ans à l'initiative du groupe RTL (Bertelsmann), puissant leader sur le marché allemand.

— *Ce qui est intéressant c'est que vous identifiez la femme de plus de 50 ans aux grands-mères.*

— Les grands-mères ne sont pas non plus traitées en télé. Elles l'ont été un peu grâce ou à cause du Covid parce que les grands-parents étaient mis à distance. Quand ils sont traités, ils sont très stéréotypés. Cela me rappelle une question de ma fille toute jeune me demandant : « Pourquoi n'ai-je pas une Mamie comme tout le monde ? » Étonnée, je lui demande ce qu'elle entendait par là : « Une Mamie avec des lunettes et un chignon. » Or, ma propre mère ne correspondait pas du tout à ce schéma qu'elle trouvait dans ses livres pour enfants.

— *Quelle relation la femme a-t-elle au pouvoir ?*

— Je suis persuadée que femmes et hommes ont une relation au pouvoir et une façon de l'exercer très différentes. Dans les rôles que j'ai eus à tenir, ce qui m'a toujours intéressée, c'est le pouvoir de faire. Aujourd'hui, en tant que présidente, je me sens parfois éloignée de ce pouvoir concret de faire et je le regrette. Mais ce n'est pas à affirmer trop fort : cela pourrait empêcher la croissance des femmes. »

⁂

Les femmes qui entament la deuxième partie de leur carrière ont de précieuses qualités dans le monde du travail. Elles combinent celles des femmes et des séniors (oui ces généralités sont des stéréotypes, mais ils font du bien). Les études américaines leur prêtent de l'expérience, du savoir-faire et l'envie de transmettre. Libres, riches d'une pensée créative, elles sont généreuses et prennent soin des autres. Leur loyauté est célébrée par les chercheurs. Ayant souvent eu la charge d'une famille, elles sont habituées au transgénérationnel. Elles savent gérer plusieurs dossiers à la fois et, comme leurs enfants se sont envolés vers d'autres aventures, sont souvent heureuses d'opérer un transfert de leur énergie vers les enjeux de l'entreprise.

Elles ne sont peut-être pas toutes à l'avant-garde de TikTok, mais elles passent suffisamment de temps sur les réseaux sociaux pour en connaître les subtilités. Et quand une femme sait promouvoir sa cinquantaine sur les sites de rencontres, croyez-moi, elle peut vendre du sable dans le désert.

Comptez (sur) nous

Et si, finalement, la question n'était pas de voler au secours des femmes de 50 ans mais plutôt de se rendre compte de leur valeur ? Ces femmes ne sont pas des petites choses fragiles qu'il faut à tout prix protéger mais des éléments hors normes : ne serait-ce pas avisé de tout faire pour les garder ! ?

Quelles seraient donc les actions concrètes à mener ? La France prend beaucoup de mesures, souvent peu respectées. S'il était déjà possible de prendre en compte les accords femmes-hommes et les accords séniors, la parité serait plus vivace dans le monde du travail. En attendant, les entreprises doivent absolument mener un état des lieux de leurs rapports au genre-âge.

Examinons d'abord le recensement des femmes de plus de 50 ans dans l'entreprise. À question simple : « combien », réponse simple : « comptons ». Ça tombe bien, depuis le 6 mars 2023, l'index sénior est une obligation pour les entreprises. Pour l'instant, il fait l'unanimité… contre lui, critiqué par la droite comme une lourdeur administrative de plus pour les entreprises, par la gauche qui doute de son efficacité. Il est pourtant un outil essentiel du combat contre l'âgisme.

Bien sûr, nous devons en réclamer la version genrée. Et pour ça, l'entreprise bénéficie d'une ressource formidable : les données RH. En les affinant un peu, ces chiffres peuvent dire les écarts entre le nombre de femmes jeunes et celles, plus âgées, qui parviennent au niveau des instances dirigeantes. Combien sont employées et combien sont managers ? Quelles fonctions précises occupent-elles ? Qui a bénéficié de formations ? Combien de promotions leur ont été accordées dans les cinq dernières années ? Quelles sont celles qui peuvent poursuivre une carrière ascendante ? Et au fait, les plus âgées bénéficient-elles d'autant d'évaluations que leurs cadettes ? Quid des augmentations ? Autant de questions qui, intégrées dans les processus des ressources humaines, permettraient de faire émerger des poches de talents inexploités et mobilisables.

Les entreprises des pays nordiques se les posent déjà grâce à une des rares échelles permettant de mesurer le genre-âge (la NADS). On y trouve même une autre interrogation, plus pertinente encore : « Dans le cas de développement de nouveaux produits, équipements ou technologies, les jeunes sont-ils privilégiés ? » Autrement dit, pense-t-on que les femmes de plus de 50 ans peuvent se projeter dans l'avenir, piloter la « conduite du changement » ou présuppose-t-on que non ? Hâte que cette question soit également posée en France.

L'analyse des résultats permettrait aussi de savoir exactement où agir : qui sont les femmes qu'il faut « rattraper tout de suite », celles qu'il faut promouvoir, mettre en avant ou réveiller par une formation... Bref, intégrer le genre-âge comme catégorie d'évaluation renforcerait les politiques d'égalité.

La mise en place de ce bilan pourrait être érigée en baromètre dans toutes les entreprises. Un tel outil de mesure permettra de mener efficacement une politique inclusive au sein de l'entreprise. Et de favoriser les parcours atypiques.

Affaire sensible

Une fois la situation clarifiée, il paraît indispensable de sensibiliser d'abord les équipes des ressources humaines, mais aussi le management (celui qui fait la grimace quand on lui propose le profil de Béatrice, 53 ans, comme directrice marketing), puis l'ensemble des collaborateurs. L'idée est de pointer cette mauvaise image des femmes en deuxième partie de carrière et d'en désamorcer les effets sur toutes les initiatives RH : recrutement, développement, formation, augmentation.

Et si on en profitait pour soulever le capot et vérifier les freins ? Où sont les boys clubs ou, pour les plus jeunes, notamment dans le domaine de la tech, les kids clubs ? Toutes ces entités constituées de profils identiques qui ne savent pas ouvrir la porte à l'altérité. Là encore, il faut faire évoluer les mentalités en montrant tout ce qu'on peut gagner grâce à une culture de l'âge positive. Là où les univers se côtoient, échangent, apprennent les uns des autres.

Compter, sensibiliser, communiquer, d'une part, accompagner, former, recruter et s'assurer du développement, d'autre part.

Au nom de la loi !

On parle d'un quart de la population active quand même… Aider l'intégration d'une partie grandissante de la population est du ressort des pouvoirs publics.

Le problème est d'une telle ampleur, il est si polymorphe, qu'il serait vain de l'imaginer se régler par la seule volonté des femmes, du marché ou des entreprises. Le mouvement sera bien sûr plus puissant, rapide et vertueux s'il est soutenu par une action législative. Rien de tel que la volonté politique et l'action publique pour avancer sur ces sujets. Les pouvoirs publics peuvent et doivent jouer leur rôle de régulateur : la lutte contre le genre-âge doit émerger.

Demandons que la loi soit respectée

Ce combat commence par le respect et le renforcement de la législation en cours. Demandons donc à ce que les sanctions en cas de discriminations sexistes et âgistes à l'emploi ou aux promotions soient réellement appliquées, comme le prévoit la loi.

Demandons que le genre-âge soit une catégorie d'études

Parce qu'une fois de plus, on ne peut pas combattre l'invisible, demandons l'intégration du genre-âge dans les études statistiques du ministère du Travail et de l'INSEE. Afin de mettre en lumière tout ce qui dysfonctionne et changer ce qui doit l'être.

En 2021, la députée Valérie Six a déposé un projet de loi protégeant le travail des séniors jusqu'à la retraite. On y lit la demande de création d'un label 50+ et l'encouragement de politiques volontaristes de formation et de maintien dans l'emploi. Il y est fait référence à l'importance de dresser la pyramide des âges de l'entreprise. Lutter contre la précarité des séniors et booster leur employabilité deviendra de toute façon un impératif, commandé par l'implacable évolution démographique de cette classe d'âge. Et personne n'a rien à y perdre ! Au Royaume-Uni, il existe un indice, dit « de l'âge d'or », le PwC's Golden Age Index, qui a démontré qu'intégrer les séniors dans la population active pouvait booster le PIB du pays de 2,7 milliards de livres (soit plus de 3 milliards d'euros).

Mais dans le projet de loi de la députée, retoqué de toute façon à l'Assemblée, pas un mot sur le genre-âge ! Intégrons les discriminations sexistes dans la lutte contre l'âgisme.

Demandons la parité à tous les niveaux

La lutte contre le genre-âge passe aussi par la promotion des femmes à la tête des entreprises. Mécaniquement, les postes de direction demandent de l'expérience. Exiger la parité à ce niveau-là engendrera mécaniquement la promotion de femmes expérimentées.

Selon Christine Lagarde, aujourd'hui résolument favorable aux quotas de femmes dans les entreprises, c'est même une des seules façons d'avancer. « J'ai complètement changé mon approche des quotas », a-t-elle annoncé lors d'une audition à l'Assemblée nationale dans le cadre de la mission d'information sur l'égalité économique et professionnelle de la Délégation aux droits des femmes. « Quand j'ai commencé ma carrière, à la fin des années 1970, j'étais convaincue que les femmes progresseraient et que, sur la base de leurs simples mérites et de leurs valeurs, elles trouveraient leur place et toute leur place. Puis, au fil de ma carrière, quand je demandais : où sont les femmes ? On me répondait : elles ne veulent pas des quotas, elles veulent y arriver par leur propre mérite. Mais quand j'allais leur poser la question, je voyais bien que ce n'était pas vrai. C'est irrecevable de mon point de vue. Aujourd'hui, si de telles mesures ne sont pas prises, il faudra cent quarante ans avant d'arriver à la parité. »

On a vu la force de la loi Copé-Zimmerman de 2011, imposant aux conseils d'administration d'être paritaires. Le ruissellement qu'on en attendait, c'est-à-dire une parité s'étendant aux comités exécutifs, était une belle idée, mais ses effets se font attendre.

Les quotas font peur, sonnent de manière désagréable aux oreilles des femmes comme des hommes. Ces derniers n'aiment pas se voir imposer des candidates qu'ils n'ont pas sélectionnées. Les femmes, elles, souhaitent être choisies pour leurs compétences professionnelles et pas seulement pour leur genre… Force est de constater que seuls les quotas fonctionnent vraiment.

À l'heure actuelle, 20 % des postes de comités exécutifs et de comités de direction sont occupés par des femmes. Le texte cible les entreprises de plus de mille salariés. Grâce à la proposition de loi adoptée en décembre 2021, la parité devrait être imposée au sein des postes de direction des entreprises de plus de mille salariés. À partir de 2027, elles devront compter au moins 30 % de femmes dans leurs instances dirigeantes avant d'atteindre les 40 % en 2030. Espérons que la loi sera appliquée mais demeurons vigilants.

Demandons des formations après 45 ans

Il faut que la formation en entreprise soit réellement continue, jusqu'au départ à la retraite. Si les pratiques professionnelles des femmes de plus de 45 ans sont jugées obsolètes, formons-les ! Une partie des fonds attribués à la formation en entreprise devrait être spécifiquement réservée à cette catégorie. Il est important pour les femmes, obligées de travailler plus longtemps pour une rémunération qui, au fil du temps, s'amenuise, comme pour les entreprises, de compenser ce déficit.

Demandons des aides spécifiques à la création d'entreprise

Pour de nombreuses femmes lasses des barrages de l'entreprise, mais suffisamment créatives et énergiques pour se lancer dans la création de leur propre business après 45 ans, l'État doit mettre en place des aides spécifiques. Des organismes existent déjà, tels que la BPI, la Banque publique d'investissement, pour pallier les déficiences des investisseurs. Ils peuvent faire plus pour les femmes de 50 ans.

Comment faut-il le dire aux investisseurs pour qu'ils le comprennent ? Les femmes peuvent créer et diriger une entreprise. On a beau leur montrer les chiffres, données auxquelles, *a priori*, ils sont le plus sensibles, il semblerait qu'ils aient des œillères. Pourtant, les femmes créant leur structure réussissent, sont plus fiables, plus endurantes. Elles vont chercher la croissance tout en sachant doser les risques avec mesure. Aux États-Unis, les entreprises entièrement ou majoritairement détenues par des femmes ont affiché une croissance presque deux fois supérieure à celle de l'ensemble des entreprises américaines. Les Canadiens, très en pointe sur le sujet du genre-âge, ont même relevé un drôle d'indicateur tendant à prouver que les femmes expérimentées ne s'en laissent pas conter : 70 % des veuves licencient le comptable de leur mari et en embauchent un nouveau dans les trois ans après la mort de leur conjoint.

On vous le dit : elles savent ce qu'elles font.

Demandons la régulation des inégalités de revenus et de pensions

Parce que l'on ne peut pas plaquer un système égalitaire sur une situation inégalitaire, demandons la pondération des rémunérations, des indemnités de licenciement et des pensions de retraite en fonction des contraintes spécifiques pesant sur les parcours professionnels perlés. Que les interruptions de carrière, le statut d'aidant, les divorces, le veuvage, soient, à l'instar du nombre d'enfants, pris en compte dans ces calculs, car ils font le lit d'une vieillesse précaire pour les femmes.

Réclamons que, lors d'un divorce, les retraites soient partagées dans le couple au prorata des années de mariage, comme une pension de réversion.

Rebond

À 48 ans, Bérangère en a ras le bol. Elle travaille depuis douze ans avec son mari, dans l'entreprise de restauration qu'il a créée, et, pour la première fois, elle baisse les bras. « J'ai l'impression de ne plus avoir ma place ici. Nous avons pas mal recruté ces dernières années et je vois bien que les nouveaux arrivants ne me calculent pas. Ils ne comprennent pas quel est mon rôle et s'adressent seulement à mon mari. J'ai l'impression de ne savoir rien faire, d'être dépassée. » Interloquée, je regarde cette femme au regard clair dont je sens la force et la détermination. Je lui demande de me raconter son histoire et de me dire comment elle a œuvré à la réussite de l'entreprise. Elle a commencé à la caisse, porté des cartons, fait le ménage avant de s'occuper des finances, recruter au fur et à mesure du développement de la boîte et poser les bases d'une vraie stratégie marketing. Toujours au cœur de l'action, elle s'est dédiée à 100 % à sa mission et n'a jamais compté son temps. Oubliant au passage de faire savoir quel était son rôle et de mettre en valeur son travail.

Aujourd'hui, elle n'a ni titre ni fonction claire. De jeunes directeurs marketing, finances, RH ont intégré l'entreprise sans prendre l'habitude de l'inclure dans les réunions : normal, elle ne figurait nulle part sur l'organigramme. Bérangère découvre que des décisions sont prises lors de meetings dont elle n'a jamais entendu parler. D'abord étonnée, puis furieuse, elle s'est finalement résignée et repliée sur elle-même, allant jusqu'à envisager de quitter tout simplement l'aventure pour laquelle elle a tout donné.

Je lui demande de me préciser les actions qu'elle mène aujourd'hui. Nous nous rendons compte ensemble qu'elle est loin de ne rien faire : Bérangère est non seulement le lien avec les investisseurs, les institutionnels, mais elle est aussi la mémoire de l'entreprise et le conseil stratégique de son mari. Elle est la gardienne de ce si précieux ADN de marque garantissant la singularité, le chic de l'entreprise. Mais rien n'est acté, ses idées sont alors récupérées par les nouveaux collaborateurs qui sont ravis de prendre un café avec elle mais ne pensent pas à la convier aux réunions.

En prenant conscience de tout ce qu'elle a accompli et continue d'entreprendre, Bérangère a repris du poil de la bête. Elle a décidé d'affirmer sa position, trouvé un titre qui convenait au large spectre de ses actions et je peux vous assurer qu'aucune réunion ne se tient aujourd'hui sans elle. Dans le regard de son mari, brille une nouvelle lueur d'admiration.

Et si nous, les femmes, faisions notre audit ? Nous

sommes les premières victimes de nos propres préjugés. On l'a vu, la disqualification des femmes en raison de leur âge a un effet performatif. Peu considérées, nous avons tendance à nous résigner dès qu'on cherche à nous écarter. Il est donc nécessaire de nous interroger. Où en sommes-nous à 50 ans ? Quel regard posons-nous sur notre âge ? Souhaitons-nous continuer d'être actives dans notre travail et nos relations ? Quelles adaptations peuvent nous permettre de rendre les quinze ou vingt prochaines années passionnantes plutôt que frustrantes ? Si, épuisées, nous n'avons plus le courage de relancer la machine, quels sont les ressorts qui peuvent nous aider à recharger nos batteries ? Que sommes-nous prêtes à faire pour passer ce cap et le transformer en nouveau départ ?

Aucune réponse à ce petit jeu n'est bonne ou mauvaise et je ne crois pas beaucoup aux solutions toutes faites. Chacune à sa propre manière d'y répondre.

Au mitan de sa vie, il n'est pas rare de ressentir le besoin d'une pause. Ce retrait peut se transformer en tentation de « lâcher l'affaire ». Un mouvement difficile à combattre. D'une part parce que personne ne vous pousse à aller de l'avant, à prendre des responsabilités, mais aussi parce qu'il peut être très confortable de se laisser aller. Comme le dit un proverbe algérien : « On est mieux assis que debout, mieux couché qu'assis, mieux mort que couché. » C'est vrai, s'extraire de cette apparence de confort, s'apparentant plutôt à un renoncement mortifère, demande une bonne dose de courage et de volonté. Dépasser ce moment peut, en revanche, être l'occasion de décider de travailler autrement, de considérer sa vie autrement.

C'est dans la tête

Ex-danseuse du New York City Ballet, Verena est née et a grandi dans les Alpes autrichiennes. Elle s'est reconvertie dans l'enseignement du Pilates avant de devenir une véritable *business-woman*. Son studio ne désemplit pas et cela depuis des années. Elle parle vite avec ce petit staccato de l'accent autrichien mais son propos est clair. « L'âge, c'est dans la tête. Quand plus jeune je dansais, le corps me semblait être la clé de la jeunesse. Depuis, j'ai changé d'avis, le corps ne fait que suivre. Toutes les femmes qui viennent au studio me le confirment. Elles sont fidèles, je connais nombre d'entre elles depuis longtemps, certaines ont plus de 80 ans. Je constate chaque fois comme leur dynamisme et leur modernité n'ont pas changé avec les années. Leur corps ne vieillit pas non plus, il s'affirme certainement, plus rond, plus délié, plus musclé, plus sec, mais il est loin d'être « vieux ». Avec l'âge, les femmes se connaissent mieux et savent davantage utiliser leurs corps. Ce qui nous modèle, c'est notre environnement. Je reste très attachée à mon village. Quand je retourne en Autriche et que je retrouve mes amies de classe, je vois comme nous sommes devenues différentes. Mes amies, elles, se sont conformées aux modèles traditionnels et ils leur conviennent. Là-bas, à 45 ans, on devient une grand-mère : la façon de se coiffer, de se vêtir, de penser, les sujets qu'on aborde, ce dont on peut rire, ou pas... Elles ne comprennent pas mon mode de vie, le fait de tant travailler, de ne pas avoir d'enfant, d'être à la mode. Elles ont tendance à me juger. Nous avons fait des choix différents et ils sont perceptibles au premier regard. »

Comme nous l'avons déjà vu, la question de l'apparence nous est renvoyée par 76 % des recruteurs, mais aussi par notre entourage, nos amis, notre famille. Si on pardonne aux hommes leur perte de cheveux ou leur ventre arrondi, le jugement porté sur les femmes agit toujours sur l'image qu'elles donnent d'elles-mêmes.

La société dans son ensemble nous conforme à des modèles, mais essayons de réfléchir à la personne que nous voulons être. Quelles sont nos propres représentations de cet âge moyen ? À chacune de faire ses choix, en fonction de ce qu'elle est. À 50 ans, il ne s'agit plus de singer la jeunesse mais de s'autoriser enfin à être qui on souhaite. Nos corps ont changé ? Nos visages sont plus marqués ? Soit. Mais pourquoi être condamnée à nous éloigner de ce que nous aimons refléter.

Sylvie, elle, ne cesse de fulminer contre « ces vieux qui veulent paraître jeunes ». Rien ne l'énerve plus que les quinquagénaires en baskets et trottinettes, les femmes qui s'habillent comme leurs filles et vont encore en boîte de nuit. Pour elle, une quinquagénaire doit être une dame élégante, qui avance sans faire de bruit et tient son rang.

Nous avons toutes nos projections, nos avis sur la façon dont nous voulons vivre ce nouvel âge. Mais une chose est sûre, nous pouvons être les actrices de notre vieillissement. Je ne suis pas fanatique du « si on veut on peut » et du développement personnel. C'est une injonction bien trop forte de penser qu'on peut, seule, combattre un mouvement qui traverse toute une société et faire bouger le regard des hommes ou des employeurs.

Néanmoins, comprendre les tenants et les aboutissants de la situation permet de s'extraire du « je subis » et de récupérer une marge de manœuvre qui aide à se sentir plus sereine.

Former, pas réformer

On ne le dira jamais assez : dans la vie professionnelle, pour mettre toutes les chances de notre côté, il est essentiel de se former tout au long de son parcours. Les entreprises ont l'obligation de proposer des formations à leurs collaborateurs et, de son côté, Pôle Emploi déploie un impressionnant catalogue pour nous remettre à niveau. Mais si nous ne demandons pas à accéder à ces formations, elles seront attribuées à d'autres. Réclamons, exigeons d'être formées régulièrement. Nouvelles technologies, nouveaux modes de management, perfectionnement ou expansion de notre expertise technique… les sujets ne manquent pas. Choisissons nos formations avec soin, réfléchissons à ce qui nous plaît et surtout à ce qui peut nous être utile en fonction de l'évolution du secteur dans lequel nous travaillons. Il ne faut pas hésiter à demander à être formée aux nouvelles technologies. Même si nous sommes assez étrangère à ces questions et n'en voyons pas l'utilité dans l'immédiat, ce ne peut être que bénéfique de se frotter à de nouveaux territoires.

Les formations n'ont pas seulement l'avantage d'être la source de nouveaux savoirs. Elles sont aussi l'occasion de sortir de notre cadre habituel. Et c'est fou ce que ça fait du bien ! Se retrouver avec des inconnus, venant de secteurs différents du nôtre, qui n'en savent pas plus long que nous sur ce qu'on est venu apprendre, peut faire peur, ranimer de vieilles angoisses d'école, mais c'est toujours un formidable coup de frais.

Je me souviens du premier jour de ma formation de coach. J'avais postulé pour un cursus dans une grande *business school* internationale, pensant, pour être tout à fait honnête, que je ne serais jamais prise. J'imaginais qu'elles étaient réservées à ceux qui avaient fait des écoles de commerce prestigieuses et occupé des postes de dirigeants. Mon parcours est bien plus modeste. Mais, bingo ! m'y voilà. Je n'en menais pas large ce premier jour dans l'amphithéâtre ultramoderne de Fontainebleau. Autour de moi, une trentaine de personnes venant du monde entier et parlant d'un air très important. Nous n'étions que trois Français. Je m'assis timidement à ma place. Si j'avais pu me transformer en souris à ce moment-là, croyez-moi je l'aurais fait. J'essayais tant bien que mal de comprendre ce qui se disait en anglais autour de moi quand un monsieur très sérieux se retourna vers moi, et, me regardant de ses yeux pâles, me glissa : « *Am I the only one to be terrified today ?* » (« Suis-je le seul à être terrifié aujourd'hui ? ») Je n'oublierai jamais mon soulagement ! Je n'étais donc pas la seule à être paniquée par le défi que représentait un nouvel apprentissage à mon âge.

Notre monde connaît d'immenses bouleversements. Sociaux, environnementaux, politiques… Exercer sa curiosité et maintenir son cerveau en état d'« insatiable curiosité », à l'image du héros du conte de Kipling, *L'Enfant d'éléphant*, qui ne cesse de poser des questions, est plus que jamais nécessaire. Et passionnant. Au-delà des formations, intéressons-nous au fonctionnement et à l'évolution de notre société, aux idées nouvelles même si elles nous semblent absurdes dans un premier temps, aux courants artistiques, à la mode, à la politique… Soyons curieuses de tout. Une directrice financière comprenant ce qu'est le wokisme est loin d'être anecdotique.

Les scientifiques le disent : pour retarder le vieillissement, il faut conserver une curiosité intellectuelle, s'intéresser au monde qui nous entoure et avoir envie de le comprendre. « L'état psychologique joue un rôle majeur. Le vieillissement est d'autant plus retardé si l'on a confiance en soi, si on se sent utile, capable d'aider les autres et heureux d'être aidé par eux », souligne le professeur Maurice Tubiana dans *Le Bien-Vieillir, la révolution de l'âge* (Éditions de Fallois).

Transformons la difficulté en opportunité : le monde devient compliqué à appréhender ? Formidable, il offre des questions innombrables ! Substituons la curiosité au jugement. Dès lors, toutes les occasions sont bonnes, la presse, les podcasts, le commencement d'une nouvelle activité, une inscription dans un club de théâtre, de cuisine... Autant de possibilités pour mieux comprendre le monde d'aujourd'hui et les nouvelles façons de travailler.

Cultiver un état d'esprit ouvert est un des défis les plus importants pour les femmes d'expérience. En prenant de l'âge, aurait-on des idées plus arrêtées et deviendrait-on plus inflexible ? Notre rigidité rendrait-elle difficile notre appréhension des défis ? On connaît toutes ces poncifs ! Entraînons-nous à ne pas nous opposer systématiquement aux idées nouvelles. Pas toujours facile car elles résonnent souvent avec des expériences passées dont on connaît le résultat. Pourtant, sachez-le, ce que vous aviez tenté il y a dix ans et qui avait alors échoué pourrait bien fonctionner désormais. En revanche, n'hésitons pas à prendre la parole en racontant ce que nous avions tenté en effet des années auparavant et proposons-nous dans le rôle de conseil auprès de la nouvelle équipe.

Visibles !

Forte de tout cela, si nous avons envie d'évoluer, disons-le ! Et n'abandonnons pas. Révélons nos ambitions. Souvent, managers et DRH pensent que, passé un certain âge, nous n'avons plus envie de nouvelles responsabilités, que le « ronron » nous suffit. Faisons taire cette idée reçue, ne laissons pas ce regard s'installer sur nous. Continuons à vous intéresser à ce que fait l'entreprise, à questionner nos managers et nos RH, affirmons votre envie de progresser. Pour reprendre le slogan des afrogameuses, ces jeunes championnes de egames qui subissent de plein fouet la double discrimination sexiste et raciste dans un monde essentiellement masculin : « Pense à toi en premier parce que personne ne le fera à ta place. »

Pour que ça marche, il faut être visible. Il n'est jamais trop tard pour être remarquée et toujours trop tôt pour tomber dans l'oubli. Regardons derrière vous : prenons appui sur nos réalisations passées pour nous assurer de notre valeur et pour nous mettre en avant. L'entreprise a peu de mémoire, n'hésitons pas à rappeler ce que nous avons fait et à le faire savoir au sein de l'organisation dans laquelle nous évoluons.

Quand on nous demande ce que nous faisons, ne résumons pas nos actions à notre fiche de poste : rappelons tous ces conseils, ces idées que nous avons données, ces liens que nous avons créés, ces coups de main qui ont contribué à la bonne marche de l'ensemble. Pour peu que nous soyons depuis longtemps dans la même entreprise, évoquons notre connaissance verticale, en profondeur, de l'entreprise. Autant d'éléments à mettre en valeur.

Enfin, soyons une porte-parole positive. Autour de nous, des personnes ont sans doute besoin d'aide ou d'appui. Il est souvent plus facile d'être l'avocat des autres plutôt que de soi-même. Apportons des solutions, notre expérience nous permettra de les trouver plus facilement. Jouons avec l'équipe, pas contre. Tout le monde y gagnera ! Toutes les entreprises qui ont pris le risque d'aller puiser dans leur vivier de femmes d'expérience le savent : promouvoir celles pour qui rien n'est acquis, celles qui, pour progresser, doivent faire la démonstration de leur travail et de leur talent, plutôt que de faire évoluer des individus un peu trop sûrs d'eux, est une idée fructueuse.

Dans les arts martiaux, on apprend à utiliser ses faiblesses pour les transformer en force. C'est l'idée de la chercheuse Ashley Martin, qui étudie les comportements en organisation pour l'Université de Stanford, et propose l'hypothèse de « l'échappée intersectionnelle ».

Le principe est le suivant : quand deux discriminations se rejoignent, elles créent un espace singulier qui, paradoxalement, permet de faire émerger un angle positif. « Les biais cognitifs concernant l'âge au travail peuvent être retournés au profit des femmes. » Par exemple, les hommes séniors sont perçus comme extrêmement dominants. Alors que les femmes ne sont pas vues comme une menace. Quand on demande à un jeune salarié de faire le portrait de la personne qui pourrait faire obstacle à sa carrière, il dépeint, dans la majorité des cas, un homme.

Dans la foulée de cette hypothèse, des chercheurs ont mené une série d'expériences. Ils ont par exemple questionné des jeunes gens : quelle serait leur réaction si, dans une réunion, un collègue de 68 ans (l'étude est américaine) homme ou femme, dominait la discussion ? Les réactions des jeunes sont sans appel : ils rejetteraient l'homme mais écouteraient la femme.

Autre qualité attribuée aux travailleurs les plus âgés : l'éthique et la fidélité. Des chercheurs du laboratoire d'étude de la longévité de Stanford ont mis en lumière cette spécificité, remarquant même que ces collaborateurs étaient non seulement les meilleurs pour résoudre les conflits mais prenaient moins de congés maladie…

Faire flèche de tout bois

On sait les reproches faits aux femmes de plus de 50 ans. Trop chères, pas assez modernes, rigides et mal attifées. Peut-être. Mais nous avons aussi des qualités. À nous de les mettre en avant. Nous avons appris mille choses au cours de notre parcours de plusieurs décennies. Des compétences techniques bien sûr, mais aussi ce qu'on appelle les « *soft skills* ». Une façon de collaborer, d'écouter, de considérer les problèmes en apportant des solutions, de prendre du recul, de réfléchir aux problématiques dans leur globalité. Faites-en un argument.

Quant aux parcours perlés, dites-vous bien que les années hors entreprise ne sont pas des années vides. Que nous ayons élevé des enfants, suivi notre conjoint dans ses mutations, tenté de monter une boîte ou accompagné des proches en tant qu'aidant, nous avons sans doute mis en œuvre des compétences. Nous avons une histoire à raconter pour que notre expertise apparaisse clairement.

C'est ce qu'a vécu Marianne. Cette diplômée d'école de commerce internationale a suivi son mari dans tous les pays où il était envoyé, en essayant chaque fois de trouver des emplois dans son sillage. Elle est une « femme d'expat ». Peu à peu, il lui est devenu plus difficile de trouver du travail dans les pays où elle s'installait : la gestion d'une famille à l'étranger, dans un endroit dont on ne connaît ni la langue ni le fonctionnement, prend du temps et les rotations entre les postes sont courtes. Marianne a alors monté son propre business d'import-export de textiles et de bijoux avec l'Inde. Elle a maintenu son entreprise pendant une dizaine d'années, puis, munie d'une très bonne idée, a lancé un produit de maroquinerie en Angleterre. Le produit n'a pas trouvé sa clientèle, mais l'aventure était belle.

De retour en France à 53 ans, Marianne a plus que jamais besoin d'être indépendante financièrement, ne veut pas dépendre de son mari. N'ayant jamais travaillé dans l'Hexagone, ni dans aucune entreprise internationalement reconnue, elle n'avait pas les codes français du monde du travail (et croyez-moi ils sont bien différents des codes anglo-saxons). Un défi si difficile qu'elle en était venue à perdre toute confiance en elle. Épuisée, sa fatigue se lisait sur son visage, sur son corps.

Pourtant, elle ne manquait pas de compétences. Il faut être sacrément efficace pour gérer, dans une langue inconnue, un raccordement électrique, la fracture du bras du cadet ou une fuite d'eau dans un pays que l'on découvre, sans compter les inscriptions universitaires des aînés dans deux pays différents. Multitâche, adaptable, pleine de curiosité, habituée à travailler dur (allez apprendre les rudiments d'une langue en deux mois tous les 5 ans), les connaissances de Marianne étaient aussi nombreuses que solides.

Pourtant les entreprises françaises ne regardent pas ce genre de CV. Femme, 53 ans, « pas d'expérience ». Les recruteurs ne prennent même pas la peine de répondre à ces candidatures.

Marianne a fait flèche de tout bois. N'ayant pas de réseau en France, elle a mobilisé jusqu'à ses enfants. Finalement, son fils l'a mise en contact avec un tiers-lieu sur le point d'ouvrir. Familier de l'endroit, il savait que cette entreprise avait besoin de quelqu'un de débrouillard, capable de tenir des budgets, d'organiser des plannings… et imagine parfaitement sa mère dans ce poste d'« office manager ».

Quand je l'ai interrogée, Marianne venait d'apprendre qu'elle avait le job. Je la connais depuis longtemps et j'ai été sidérée de voir soudain son regard lumineux, son teint moins pâle. Elle s'était redressée.

La nouvelle vie de Marianne me rappelle les années palimpseste d'Annie Ernaux. Comme avec ce manuscrit gratté, la deuxième partie de nos vies peut être le support à la fois dense et recommencé de toute notre histoire. Libéré de nos entraves, il nous permet un nouvel élan.

Soyons tout de même réaliste, les chances de trouver un travail en répondant à des petites annonces sont plutôt minces pour une femme de plus de 50 ans. Il est donc recommandé de passer par le « réseau ». Un mot qui fait parfois peur. De quoi parle-t-on ? Tout simplement de l'ensemble de nos relations. Ceux avec qui nous avez travaillé savent nos compétences, nos amis connaissent nos qualités et la famille n'ignorent rien du prix de notre contribution au collectif, le fils de Marianne en est la preuve.

Jamais seules

À 52 ans, Sophie ne pouvait plus supporter ses collègues, son travail, son entreprise. « De toute façon, je suis coincée. Je travaille dans cette boîte depuis quinze ans et je ne connais plus personne ailleurs. » En tirant les fils de son expérience professionnelle et personnelle, il ne lui a pas fallu longtemps pour réaliser que nombre de ses anciens collègues avaient changé d'entreprise ou étaient devenus ses prestataires. Au bout du compte, il était question d'une vingtaine de personnes pouvant être recontactées, ravies d'avoir de ses nouvelles, certainement prêtes à lui donner sinon un job au moins des pistes ou des contacts.

Ces dernières années, les réseaux de femmes se sont développés en France, à l'extérieur et à l'intérieur de l'entreprise. De Force Femmes encore et toujours, dédié au retour à l'emploi des plus de 45 ans à Femmes entrepreneures en passant par Bands of Sisters, mais aussi les réseaux thématiques (industrie, médias, digital, sciences…) ou ceux impliqués dans le tissu industriel des régions, ils sont tous un moyen de rencontrer des gens, de montrer que nous existons. Plus facile à dire qu'à faire ? Sans doute.

Je vois souvent des femmes et des hommes de tout âge, réticents à l'idée d'utiliser leur réseau ou d'en intégrer de nouveaux. Un fait suffisamment répandu pour que les chercheuses américaines Francesca Gino, Maryam Kouchaki et Tiziana Casciaro se penchent sur le sujet. De leur étude publiée dans la *Harvard Business Review* en 2020, il ressort que l'usage du réseautage professionnel est souvent ressenti comme « sale » ou « malhonnête », donnant même l'impression d'être égoïstes. Pourtant, un réseau, c'est seulement un groupe de gens avec qui on peut échanger. Et qui dit échange, dit réciprocité : nous aussi pouvons apporter quelque chose, ne serait-ce que notre envie de partager. Notre expérience est unique, elle sera sans doute précieuse pour quelqu'un d'autre. Considérons le réseau comme une opportunité, celle de rencontrer des gens partageant un intérêt commun au nôtre. On peut aussi s'engager pour une cause : s'associer à l'intérêt collectif, faire avancer un sujet sociétal est une bonne façon de nouer des liens.

Quand on passe des caps, il est toujours bon de s'entourer d'alliés. Si on cherche du travail à 50 ans, il ne faut pas hésiter à se faire aider par un coach, il connaît les enjeux spécifiques de ce genre de situation. On peut aussi contacter des associations comme Force Femme : leurs bénévoles accompagnent les femmes de plus de 45 ans dans leurs recherches professionnelles et sont de précieux recours. Grâce à eux, nous pourrons vérifier si notre projet est bien ajusté et, s'il le faut, rectifier le tir. Nous pourrons également mieux identifier nos compétences et nos points forts, à l'exemple de Marianne qui pensait ne rien savoir faire, alors qu'elle est devenue aujourd'hui un des éléments centraux d'un tiers-lieu très actif. Cette remise en ordre de bataille permet d'ouvrir le champ de nos recherches à des domaines auxquels nous n'avions peut-être pas pensé. Effet collatéral mais au combien essentiel : notre confiance en nous va décoller !

Souvent, toutes ces qualités, bien réelles, sont plus appréciées dans les petites structures que dans les grands groupes. Ou dans des formes d'emploi autres qu'un CDI. Les entreprises commencent finalement à repérer ces quinquas, opérationnels immédiatement, pouvant devenir de bons managers de transition. Et puis, n'oublions pas ce qu'Ashley Martin et ses camarades de l'université californienne pensent de nous : peu menaçantes, loyales, fiables... Si ce n'est pas une solution définitive à la question du genre-âge, ces qualités dessinent néanmoins les contours d'une position intéressante, celle de l'influence. Mentors, managers de transition, négociatrices, fonctions transverses... Les femmes d'expérience ne seraient-elles pas les nouvelles influenceuses ?

Libres et épanouies !

En Occident, et pour la première fois dans l'histoire de l'humanité, les femmes de cet âge, bénéficient d'une conjonction particulièrement favorable : elles sont en pleine santé, économiquement autonome, au moment où les responsabilités familiales s'allègent, et leur sexualité se libère de sa fonction procréatrice. Libres, fortes, actives, en capacité de parler et d'agir, d'investir tous les espaces publics, elles ont néanmoins besoin d'images et de modèles actualisés qui les représentent. C'est à nous, par notre façon d'embrasser ces nouvelles années, de faire changer le regard de la société.

Entrons dans ce nouvel âge avec gourmandise et considérons-le comme l'adolescence de notre vieillesse. Cette adolescence peut durer vingt ans, vivons-la pleinement. Devenons les femmes épanouies avec lesquelles tous désirent travailler et aimer. Nous le valons bien !

ÉPILOGUE

Il est plus d'une heure du matin. Douze ans sont passés depuis la lettre m'annonçant ma séniorité en entreprise. Dans mon petit atelier, la fête bat son plein. Plus tôt, mes voisins m'ont aidée à déplacer le canapé dans le couloir de l'immeuble pour nous laisser la place de danser. Une amie a baissé les lumières au moment où Sébastien *pluggait* une de ses playlists parfaites sur mon enceinte. Bientôt quinquagénaire, ce dirigeant d'une très grosse entreprise culturelle a des allures d'adolescent, comme sa femme dont les bagues et les bracelets argentés brillent dans la nuit. L'alternance de ses pépites exotiques et de ses tubes incontournables entraîne tout le monde au milieu de mon salon transformé en boîte de nuit. Autour de moi, mes enfants et mes amis, une quarantaine de personnes de 24 à 81 ans, dansant et chantant à tue-tête. Ce soir, l'âge n'existe pas. C'est une parenthèse enchantée où rien ne fait obstacle à l'amitié. Les générations se mêlent pour le meilleur. Avoir 50 ans et parfois bien plus, quelle importance ?

Pour ma part, l'énergie de mes amies ne m'étonne guère, toutes sont des femmes audacieuses, vivantes. Toutes ont été bousculées, certaines ont refusé le chemin tout tracé qu'on a voulu leur imposer. Je les observe avec fierté. Ce sont mes héroïnes.

Mon amoureux se glisse derrière moi et me murmure à l'oreille :

« Regarde Chloé… »

Je cherche mon amie du regard et la repère assise dans l'ombre, très proche du jeune journaliste rencontré sur le pas de la porte en arrivant chez moi. Penchée vers lui, le visage caché par le rideau de ses cheveux qu'elle repousse de temps à autre, je la sens aussi captivée que captivante. En plus d'être une très belle femme, Chloé est une artiste fascinante d'intelligence et d'une profondeur enrichie encore par ses 50 ans. En la délaissant, son mari a laissé la place à une cohorte de soupirants. Quant à Ludovic, son regard d'une candeur d'enfant de chœur cache une lucidité rare. Je comprends si bien qu'il soit tombé sous son charme.

Dans l'élan d'un pas de danse, Mathieu m'arrache aux bras de mon amoureux et m'entraîne dans un rock endiablé. Je l'ai connu quand il était stagiaire dans l'entreprise où je travaillais. Ensemble nous avons monté de beaux projets et sommes devenus très proches. Il a 25 ans, plus jeune encore que mes enfants. Je me suis souvent demandé s'il me tenait lieu de petit dernier, mais ce n'est pas ça. Je ne suis pas non plus une mère de substitution. Mathieu et son compagnon sont de véritables amis, de ceux avec qui j'éprouve un plaisir immense à parler, de la vie, de nos amours, de nos bonheurs, de nos emmerdes.

À côté de nous, Béatrice et Isabelle semblent avoir oublié leurs problèmes de boulot de femmes de 50 ans. Pour l'instant en tout cas, elles sont beaucoup plus concentrées sur l'exercice d'équilibriste consistant à ne pas renverser leur coupe de champagne tout en réalisant des pas de danse aussi joyeux que sophistiqués. Et visiblement, ça les fait beaucoup rire. Toutes deux savent attraper les moments de bonheur quand ils sont là, une manière de résister à l'adversité, peut-être même de recharger les batteries.

Telle une fée malicieuse, Inès bondit vers moi et s'accroche à mon épaule, interrompant au bon moment ce rock épuisant. « Ha-llu-ci-nant, articule-t-elle les yeux écarquillés. Je viens de retrouver chez toi un garçon dont j'étais follement amoureuse il y a trente ans… » Comment se fait-il qu'ils ne se soient pas reconnus l'année dernière ou la précédente ? Ils sont pourtant tous les deux des habitués de mes fêtes. « Il n'avait pas osé m'aborder l'année dernière, même s'il m'avait reconnue. Moi, j'en aurais été bien incapable : il a tellement changé… Ses cheveux blonds dont j'étais folle ont disparu : plus question d'histoire d'amour entre nous ! » Quelques minutes plus tard, je les retrouve enlacés dans la cuisine. Plus question de calvitie, me dis-je en souriant.

Abandonné en plein rock, Mathieu s'est consolé en faisant la connaissance de ma fille Alice. Je l'entends lui confier les incroyables difficultés de la vie professionnelle de son compagnon, dont nous regrettons l'absence ce soir. Alice l'écoute avec attention. Elle qui ne devait faire que passer en début de soirée n'a plus du tout l'air de vouloir partir.

Je retrouve Laurence, Virginie, en pleine conversation avec Claire et son mari. J'ai beaucoup d'affection et d'admiration pour Claire. Il y a quelques années, elle a traversé un sale moment professionnel et a lutté pour retrouver un job aussi exaltant que ceux occupés dans la première partie de sa carrière. Aujourd'hui, elle est une des dirigeantes d'un des médias les plus en vue. Chapeau ! Laurence et Virginie, ont, elles, lancé leurs boîtes. Laurence dans le droit fil de sa carrière professionnelle. À ... (non, son âge est un mystère mieux gardé que celui des pyramides), Laurence n'a aucune envie de s'arrêter de travailler mais préfère le faire à son rythme. Sa boîte existe depuis six mois. Elle refuse déjà des clients. Virginie, elle, a complètement changé de voie et cette HEC qui a dirigé des entreprises de tech vient de se lancer dans la mode. Pas facile, mais elle s'accroche.

J'aperçois Élisabeth, dont la retraite récente n'a pas affecté son élégance à la Chrissie Hynde. Son mari Thierry, légendaire photographe baroudeur de 74 ans, couvre actuellement les répétitions du spectacle *Starmania*. Il me raconte comment il a été accueilli par la bande de jeunes qui ont repris l'opéra rock imaginé par son ami Michel Berger. « Pour eux, je suis la mémoire. Un des seuls à avoir assisté à la création du spectacle. Au début, ils m'ont regardé avec méfiance, redoutant sans doute que je ne cesse de comparer leur nouvelle version à l'ancienne. Mais j'ai pris mon appareil et ce qu'ils ont vu de leur travail dans mes photos a achevé d'abolir la distance qu'il pouvait y avoir entre nos générations. » Raimundo et Macarena, joyeux quadragénaires chiliens, sont venus avec leur ami Cosme. Il a à peine 30 ans et semble passionné par les propos de Béatrice, cette amie qui avait dû cacher son âge pour être engagée dans une entreprise. Je les vois rire aussi. De quoi parlent-ils ?

Mon DJ préféré, Sébastien, profite d'avoir calé sa playlist pour me rappeler de ne pas oublier la fête de ses 50 ans dans un mois. Je lui confie que j'ai quelques années d'avance sur lui et lui garantis que tout se passera bien. Dubitatif, il me demande mon âge. Je ne vais pas mentir : sa surprise devant le nombre de mes années me fait très plaisir.

Décidément, cette fête est propice aux amours naissantes. La faute à Sandrine qui remplit les verres avec une ténacité aussi joyeuse que féroce ? Peut-être. Ma chère Louise est venue avec son nouvel amoureux. « OK, il a dix ans de plus que moi me dit-elle du haut de ses 36 ans, mais je vais le relooker et ça va très bien se passer. » Les générations, les positions sociales se mélangent. Adoucis d'un sfumato propre à la nuit, ils se surprennent, ils apprennent les uns des autres. Et si c'était ça le secret ?

J'ai 57 ans ce soir. Mon mari m'a quittée, mes enfants sont partis, j'ai perdu mon boulot et n'aurai jamais une retraite correcte.

J'ai 57 ans ce soir. J'adore mes nouveaux métiers, je me bats pour réussir, mes enfants sont venus à ma fête, je les vois rire et danser avec mes amis.

J'ai 57 ans ce soir. Je n'ai jamais été aussi heureuse.

REMERCIEMENTS

Un immense merci à Laurence, Florence, Laura, Isabelle, Helena, Marina, Catherine, Justine, Bibiane, Élisabeth, Béatrice, Caroline, Ève, Emmanuelle, Marie, Émeline, Daniel, Solen, Verena, Françoise, Bonnie, Clémence, Mélissa…

TABLE

Achevé d'imprimer sur Roto-Page
par l'Imprimerie Floch à Mayenne
en mars 2023.
Numéro d'imprimeur : 102274

Imprimé en France.